Michael Köhlmeier
Der Blick in die Weite

SERIE PIPER

Zu diesem Buch

In der Küche seiner Großmutter beginnen Michael Köhlmeiers Geschichten: Märchenhaftes, Trauriges, Erheiterndes erzählt er, nicht nur aus seiner Kindheit und aus seiner »erzählsüchtigen« Familie, in der Geschichten weitergegeben wurden wie Familienrezepte. Anekdoten, Balladen und Märchen macht Köhlmeier zu neuen und eigenen Geschichten – von Joringel und Jorinde, von Elfen und von Riesen, von Daidalos und von Bob Dylan. Seine Geschichten stammen aus verschiedensten europäischen Ländern, darunter England und Schweden, Litauen und Griechenland. Doch all ihren Figuren ist etwas gemeinsam: eine unbestimmte Sehnsucht, vielleicht nach Liebe, vielleicht aber auch nach einer Heimat.

Michael Köhlmeier, geboren 1949, wuchs in Hohenems/Vorarlberg auf, wo er auch heute lebt. Für sein Werk wurde er unter anderem mit dem Manès-Sperber-Preis, dem Anton-Wildgans-Preis und dem Grimmelshausen-Preis ausgezeichnet. Zuletzt veröffentlichte der österreichische Bestsellerautor den Roman »Geh mit mir«, den ersten Band seiner »Geschichten von der Bibel« und die neu erzählte Passionsgeschichte »Der Menschensohn«.

Michael Köhlmeier

Der Blick in die Weite

Geschichten und Märchen von Heimatlosen

Piper München Zürich

Von Michael Köhlmeier liegen in der Serie Piper außerdem vor:
Der Peverl Toni (381)
Die Figur (1042)
Spielplatz der Helden (1298)
Die Musterschüler (1684)
Moderne Zeiten (1942)
Sagen des klassischen Altertums (2371)
Neue Sagen des klassischen Altertums von Eos bis Aeneas (2372)
Telemach (2466)
Trilogie der sexuellen Abhängigkeit (2547)
Dein Zimmer für mich allein (2601)
Neue Sagen des klassischen Altertums von Amor und Psyche bis Poseidon (2609)
Der Unfisch (2765)
Die Nibelungen neu erzählt (2882)
Calling (2918)
Kalypso (2947)
Tantalos (2997)
Geschichten von der Bibel (3162)
Bevor Max kam (3217)
Der Menschensohn (3312)

Ungekürzte Taschenbuchausgabe
Piper Verlag GmbH, München
Juni 2001

unter dem Titel:
»Der traurige Blick in die Weite«
Umschlag: Büro Hamburg
Stefanie Oberbeck, Isabel Bünermann
Foto Umschlagvorderseite: Lasse Karkkainen / photonica
Foto Umschlagrückseite: Franz Hubmann
Druck und Bindung: Clausen & Bosse, Leck
Printed in Germany ISBN 3-492-23288-4

Kaum hatte die Schlange dieses ehrwürdige Bildnis angeblickt, als der König zu reden anfing und fragte: Wo kommst du her?
Aus den Klüften, versetzte die Schlange, in denen das Gold wohnt.
Was ist herrlicher als Gold? fragte der König.
Das Licht, antwortete die Schlange.
Was ist erquicklicher als Licht? fragte jener.
Das Gespräch, antwortete diese.

J. W. v. Goethe:
Unterhaltungen deutscher Ausgewanderten – Das Märchen

Inhalt

Unterhaltungen in der Küche: Über das Singen und das Messen

Das Lied *Oh Haupt voll Blut und Wunden* habe ich nicht in einer Kirche zum ersten Mal gehört, sondern zu Hause in unserer Küche. Als ich es später zur Osterzeit in der Kirche hörte, war ich verwundert darüber, daß es in der Hochgestimmtheit eines Gottesdienstes überhaupt einen Platz haben durfte.

Oh Haupt voll Blut und Wunden kannte ich von meiner Großmutter, und ich dachte, dieses Lied sei so eine Art Zeitmesser, denn wenn meine Großmutter zum Beispiel Eier hart kochte, dann sang sie fünf Strophen davon. Genauer: Sie sang fünfmal die erste Strophe, denn meine Großmutter konnte das Lied in einem so exakt immer gleichen Tempo singen, daß die Strophe genau eine Minute dauerte, und die Eier sollten fünf Minuten im siedenden Wasser liegen. Langsam und getragen sang sie das Lied, ich beobachtete sie dabei, und mir schien, als hielte sie singend Zwiesprache mit dem Herd.

Mein Vater nannte sie einen abergläubischen Menschen. Und das war sie wohl auch. Kein Ding in der Welt war für sie seelenlos, der Herd in der Küche schon gar nicht. Mit allem stand sie in einem erzählerischen Austausch.

Von meiner Großmutter habe ich erfahren, daß man Worte nicht nur sagen, sondern auch singen kann – zu welchem Zweck auch immer. Ansonsten war sie ein durch und durch unmusikalischer Mensch. Sie teilte Musik in zwei Kategorien ein, in »Gelüddel« und in »Krach«. Ersteres bezeichnete Klaviermusik im Allgemeinen, zweiteres alle übrige Musik. Daß Musik außer als Zeitmesser auch für sich einen

Wert haben könnte, dieser Gedanke ist ihr gewiß nie gekommen.

Bei meinem Vater konnte es geschehen, daß er, während ein klassisches Konzert im Radio lief, ausrief: »Der göttliche Mozart!« oder: »Der himmlische Beethoven!« Das war meiner Großmutter peinlich. Bei den großen und ernsten Dingen redete sie nicht mit.

Es war ihr peinlich, wenn jemand das Wort Gott aussprach. Dabei glaubte sie fest an den Allerhöchsten. Nur über ihn reden wollte sie nicht, und das Lied, in dem die Folter am Gottessohn besungen wird, verwendete sie als Meßinstrument beim Teigrühren, beim Fleischanbraten, beim Eierkochen oder beim Versteckspielen, wenn sie sich eine Minute lang die Hände vor die Augen drückte und meine Schwester und ich uns unter die Kellertreppe verkrochen.

Über Unsterblichkeit, Ewigkeit, Göttlichkeit und all diese ernsten katholischen Wunder sollte man, ihrer Meinung nach, nicht reden, über dieses jenseits der Zeit Liegende, in alle Zukunft Reichende. Warum sie als Ersatzuhr ausgerechnet *Oh Haupt voll Blut und Wunden* ausgewählt hatte, darüber kann ich nur spekulieren.

Es ist eine wunderbare Widersprüchlichkeit, daß Musik wie keine andere Kunst einerseits die Zeit strukturiert und so für uns begreifbar macht, auf der anderen Seite aber in der Lage ist, die Zeit aufzuheben, der Zeit und ihrer Bedingtheit eine Ahnung von Ewigkeit entgegenzusetzen. Meine Großmutter hatte ein metaphysisches Problem, nämlich die Zeit. Genauer: die Vergänglichkeit. Genauer: die Veränderlichkeit der Welt in der Zeit. Die Zukunft ignorierte sie. Die Vergangenheit sortierte sie – das Gute ins Töpfchen und aufgehoben in der Allgegenwart der Erinnerung, die in ihren Erzählungen so unvergleichlich Substanz gewann; das Schlechte ins Kröpfchen und hinuntergeschluckt – nicht ins Vergessen, nein, sondern in den dunklen Gärgrund, den Freud das Unbewußte nannte, wo die Träume, die Ängste, die Phantastereien wurzeln. Die Gegenwart aber – niemand weiß, was das ist –, die Gegenwart war ein Traumzustand für meine Großmutter, den sie nach Maßgabe eines Kirchenliedes in den Griff zu bekommen suchte, des schönsten Kirchenliedes freilich, das wir haben.

Auch mein Vater erzählte. Aber seine Erzählungen traten nie mit dem Anspruch des Erlebten auf. Er erzählte Geschichte, und mir war immer klar, das geht uns eigentlich nichts an, das ist erstens vorbei und zweitens ganz anderen Leuten zugestoßen, und wenn es mich trotzdem interessierte, dann doch nur, weil ich meinem Vater gern zuhörte, er hätte alles mögliche erzählen können, ich hätte ihm immer gern zugehört.

Solches Erzählverhalten verachtete meine Großmutter. Sie lebte ihr Leben nach dem Motto »Was nicht Meines ist, geht mich nichts an«. – Vieles machte sie zu Ihrem. Den Untergang Deutschlands nahm sie persönlich.

Mein Vater war Historiker, seine Profession pochte auf die These, daß Vergangenes vergangen sei, daß es dargestellt und analysiert, aber gewiß nicht beschworen werden könne wie ein Geist aus der Flasche. Er sprach von der Geschichte als von einem Lehrbuch und durchstreifte das weite Feld der Vergangenheit auf der Suche nach pädagogisch Verwertbarem wie ein Schnäppchenjäger einen Flohmarkt. Er nahm seinen achtjährigen Sohn bei der Hand, ging mit ihm zu einer Baustelle der Österreichischen Bundesbahn, erzählte von Karl dem Großen, wies zwischendurch auf die Planierraupen und sagte: »Hier sind meine Steuern am Werk«, und war wohl überzeugt, je mehr der Mensch in Zukunft auch über Karl den Großen wisse, desto sinnvoller werden seine Steuern verwendet.

Meine Großmutter erzählte Geschichten, und das hieß, sie kümmerte sich im Grunde nicht um die Zeit, leugnete Vergehen und Vergangensein, verließ sich darauf, die Erinnerung jederzeit in der Erzählung lebendig machen zu können. Sie kämpfte wie Don Quixote einen Kampf, von dem sie wußte, daß er verloren war, bevor er begann.

Erst als meine Großmutter schon längst gestorben war, kam mir der Gedanke, daß ihr die Gegenwart fremd war, ein bedrohlicher Zustand, bedrohlich deshalb, weil die Gegenwart, die als einzige Realität beanspruchen kann – die Vergangenheit ist nicht mehr, die Zukunft ist noch nicht – Vergangenheit und Zukunft in den Bereich des Märchenhaften, des Nicht-Wirklichen abdrängte. Das war für die Lebens- und Weltsicht meiner Großmutter eine Gefahr. Denn sie war ein Leben lang fest im Glauben gewesen, das Geträumte, das Gewünschte, ebenso wie das Phantasierte, das Märchen-, Sagen-, Mythenhafte könne denselben Anspruch auf Wahrhaftigkeit erheben wie alles, was sich angreifen läßt.

Die letzten dreißig Jahre ihres Lebens befand sich meine Großmutter im Traumzustand einer vergangenheitslosen, zukunftslosen Gegenwart, ein Zustand, der besser als Alptraum zu beschreiben ist. Jedes Staunen in der Fremde wäre ihr als ein Verrat an ihren Erinnerungen erschienen. Das Land, in dem sie sich seit Ende des Krieges aufhielt – sie hätte sich verbeten zu sagen, sie lebe hier, nicht einmal das Wort wohnen hätte sie durchgehen lassen – dieses Land, Österreich, hatte sie in der Vorkriegs- und Kriegszeit nur aus Reklamebroschüren gekannt, als ein Land, in dem man sogar im Winter braun werden konnte. Sie war aus Deutschland gekommen, aus Coburg in Oberfranken, war ihrer Tochter, meiner Mutter, zu Hilfe geeilt in die Wüste, denn als Wüstenei hatte sie sich das westliche Österreich, dieses Vorarlberg, vorgestellt – Vorarlberg eine letzte Station vor der Wüste. Was aus Deutschland geworden war, dieser künstlichen, weil vom Menschen angerichteten Wüste – im Gegensatz zu der natürlichen, gleichsam naturwüchsigen Wüste Westösterreichs –, nein, dieses zerstörte Land über der nahen Grenze hatte für meine Großmutter nichts mehr mit Deutschland zu tun! Die Anmaßung jener, die es wieder mit demselben Namen belegten wie vorher, diese ungeheuerliche Anmaßung dieser regierenden Menschen, die behaupteten, es gehe weiter, müsse weitergehen, die von einer

Stunde Null sprachen, diese grauenhafte Verneinung ihrer Vergangenheit machte meiner Großmutter schwer zu schaffen, und sie legte sich einen starren Blick zu, wie man ihn bekommt angesichts des Todes. Sie, die niemals auch nur eine Sekunde mit den Nazis auch nur geliebäugelt hatte, die nicht einmal, auch nicht als Adolf Hitler persönlich sein und ihr geliebtes Coburg besuchte, »Heil Hitler« gesagt, geschweige denn gerufen hatte, die allezeit dem bestialischen Jubel die Stirn ihrer märchenhaften Vernunft geboten hatte, sie lehnte dieses Nachkriegsdeutschland von der ersten Minute an ab, diese deutschen Besatzungszonen, diese Ost- und Westdeutschländer, diese Bundes- und Deutsche Demokratische Republiken. Lauter Stützen, sagte sie, Geklebtes, Geleimtes, Geliehenes.

»Wenn etwas untergegangen ist, soll man es zugeben«, sagte sie. »Und wenn ein Kind gestorben ist, dann soll man dem nächsten Kind nicht den Namen des toten geben.«

Krieg und Nationalsozialismus hatten die Verbindung von Gegenwart zu Vergangenheit gekappt. Und obwohl meine Großmutter der traurigen Ansicht war, dieser Riß sei nicht mehr zu flicken, versuchte sie es doch. Denn wenn die Kontinuität der Zeit zerstört ist, dann läßt sich die Zeit nicht mehr messen. Was wäre, wenn man ihr das Lied genommen hätte, mit dem sie in der Küche die kleinen Zeiteinheiten maß? Sie hätte nicht mehr kochen können. Gegen die Geschichte versuchte sie, winzig und tapfer, die Kontinuität der Zeit zu wahren – indem sie Geschichten erzählte. Ihre Erzählungen waren, so vermute ich heute, ihr verzweifelter Zeitmesser in einer aus den Fugen von Vergangenheit und Zukunft geratenen Gegenwart.

In jedem Augenblick wird Zukunft hinter uns gebracht, wird Vergangenheit erzeugt, gleichsam abgefressen von der Zukunft, die es eigentlich ebensowenig gibt wie ihren Widerpart, die Vergangenheit. Zwischen Zukunft und Vergangenheit, den Antagonisten in dem Drama Zeit, befindet sich ein Punkt, ein ausdehnungsloses Etwas, das wir Gegenwart nennen. Auf diesem Punkt steht der Erzähler, und er fuchtelt mit Armen und Beinen, mit Grimassen und Lautstärke, mit Erinnern und Phantasieren. In unserem Empfinden dehnt sich dieser Punkt zur sinnlich wahrnehmbaren Welt. In Wahrheit liefert uns die Gegenwart, einen sehr zweifelhaften, Geschick und Gleichgewichtssinn erfordernden Standpunkt.

Unsere Küche in Vorarlberg ließ sich durch Zuziehen der Vorhänge in Coburg denken. Meine Großmutter sagte: »Tun wir so, als ob wir in Coburg wären!« Sie klemmte die Kaffeemühle zwischen ihre Knie, drehte die Kurbel und sang dreimal die erste Strophe von *Oh Haupt voll Blut und Wunden*. Es war ein Ritual. Ein Ritus eigentlich. Eine symbolische Handlung. Eine profane Eucharistiefeier. Aber eigentlich hieß dieses Tun-wir-so-als-ob-wir-in-Coburg-wären etwas anderes. Nicht eine Räumlichkeit sollte imaginiert werden. Es ging ihr um die Zeit. Die Zeit zwingt uns all ihre Bedingungen auf, und diese Bedingungen werden zu unseren Bedingtheiten. *Tun wir so, als ob wir vor dem Krieg lebten*. Das war damit gemeint.

Kaffee und Kuchen am Nachmittag war ein Stück Vor-Krieg, ein Stück vor der Katastrophe. Als hätte Marianne nicht diese Nachricht über Karl bekommen, der völlig unnötigerweise, man stelle sich das vor, noch in den letzten Monaten, nachdem er sich doch erst vom Typhus erholt hatte …

Meine Großmutter brachte es fertig, daß es in unserer Küche in Vorarlberg genauso roch wie in ihrer ehemaligen Küche in Coburg. Das ist belegt. Ihre Nichte kam einmal auf Besuch zu uns. Das erste, was sie sagte, war: »Hier riecht es wie bei euch vor dem Krieg.« Da war meine Großmutter so stolz, als ob ihr ein Orden verliehen worden wäre.

»Schau nicht immer nur zurück«, sagte meine Mutter zu meiner Großmutter. Sie meinte es gut. Sie sah ja, wie die Erinnerungen das alte Herz bedrängten und älter machten. »Schau nicht immer nur zurück!«

»Ja wohin soll ich denn schauen? Nach vorne? Da seh ich doch nichts!«

Aber auch meine Mutter konnte ja nicht anders als zurückzuschauen. Auch sie erzählte.

So saßen die beiden Frauen in unserer Küche, an jedem Nachmittag und erzählten sich die Welt ins Lot. Und wollten erzählt bekommen. Waren auch gute Zuhörer, die beiden. Jeder, der Kummer hatte oder keinen Kummer hatte, durfte den Pfeil abschießen auf den Drachen ...

In Wahrheit kann der Mensch nicht nach vorne schauen. Er tut nur so, als ob er es könnte. Unterscheidet er sich von der naturbelassenen Kreatur dadurch, daß er das Futurum kennt? Erst die Vorstellung einer Zukunft, sagen manche Sprachphilosophen, zwinge uns, die Sprache zu erfinden. Sprache sei nämlich zuvorderst dazu da, das Unaussprechliche zu sagen. Ein schöner Gedanke, gerade wegen seiner Paradoxie!

Aber die Würde des Menschen liegt nicht in der Zukunft.

»Schau nicht dauernd nur nach hinten!«

»Wohin denn sonst?«

Ja, wohin denn sonst. Ihr verlangt, daß ich meine Würde, Schöpfer der Geschichte zu sein, preisgebe und ein ungeschichtliches, uneigentliches Dasein, bar jedes menschlichen Inhalts, lebe!

Sie lebte sechzehn Jahre in Vorarlberg, weigerte sich standhaft, auch nur ein Wort unseres Dialektes zu verstehen, geschweige denn auszusprechen, erfand sogar eigene Worte, wenn sich die fremde Sprache mangels hochdeutscher Ausdrücke nur schwer umgehen ließ. Zu den von ihr widerwillig geliebten Topfentascherln sagte sie *Quarkballen.* Das führte zu einem kleinen, verbissenen Wettziehen zwischen ihr und der Konditorsfrau, das meine Großmutter schließlich gewann. Seither war sie in der Konditorei begrüßt worden mit: »Darf es wieder eine Quarkballe sein, Frau Könner?« – Die Ummurksung in »die Balle«, wo es doch »der Ballen« heißen mußte, ließ sie durchgehen.

Später begann sie freundlicher zu werden. Sie grüßte die Leute auf der Straße, unterhielt sich sogar mit ihnen, redete mit Ungezwungenheit in ihrem fränkischen Dialekt. Vielleicht war es der rohe, herrische Instinkt der Selbsterhaltung, der sie schließlich vor der Gegenwart kapitulieren ließ. Der Krieg war so unverständlich wie möglich gewesen. Der Nachkrieg war ganz und gar unmöglich, eine Schimäre. Was wird, wenn ich erwache? Ich glaube, dies war ihr ständiger Kummer.

Wenn meine Großmutter vom Unglück oder vom Tod früherer Freunde erfuhr, löste das zunächst Mißtrauen und Ekel in ihr aus und erst später Betroffenheit und Mitleid. Mit einem starren Unterton der Entrüstung erzählte sie die schlechte Nachricht weiter, als wären die Unglücklichen, die Gestorbenen schuld an Schicksal und Ende, als hätten sie meiner Großmutter absichtlich Kummer bringen wollen. Als hätten jene mit ihrem Tod meiner Großmutter ein Stück ihrer Vergangenheit gestohlen. Mutwillig. Egoistisch. Unberechtigt.

In wenigen Jahren, es war Mitte der sechziger Jahre, starben fast alle ihre früheren Bekannten aus Coburg weg. Von da an, zeichnete sich eine allmähliche Veränderung ab. Meine Großmutter begann, wie gesagt, umgänglicher zu werden. Ich sah darin ein Zeichen der Resignation. Sie hatte dem Bild trotziger Vereinsamung ein wenig Farbe gegeben. Ganz verließ sie dieser Trotz, der übrigens nie Verbitterung gewesen war, bis zu ihrem Tod nicht. Aber sie verstand es, ihm eine harlekinhafte Note zu geben.

Joringel und Jorinde

Eines Tages kam sie drauf: Wenn sie allen Willen fahren ließ und nur so dastand und die Arme hängen ließ, den Mund offenstehen ließ, den Blick ins Nichts hineinstarren ließ, so daß sie sich selbst nicht viel mehr als ein Nichts war, dann passierte es, daß sie sich verwandelte. Dann stand, wo sie gestanden hatte, ein Hase. Oder eine Eule flog von der Stelle in die Luft hinauf. Oder eine Eidechse verkroch sich flink ins kleine Gebüsch.

Das machte sie von nun an am Tag. Denn nur am Tag hielt es die Zauberin aus, kein Mensch zu sein. Denn nur am Tag wollte sie kein Mensch sein. Wenn die Sonne untergegangen war, erschrak sie über ihre Macht, und da wollte sie eine harmlose Hausfrau sein. Dann verwandelte sie sich in einen Menschen zurück und kehrte und scheuerte ihr Haus. Das Haus aber stand mitten im Wald.

Wovon sie lebte? Manchmal verwandelte sie sich am Tag in ein Raubtier, das riß ein Wildbret, und die Hausfrau des Nachts kochte und briet es.

Die Zauberin liebte die Singvögel. Das war ihr nämlich noch nie gelungen, sich in einen Singvogel zu verwandeln. Und darum haßte sie bald die Singvögel, die sie ja eigentlich liebte. Und weil sie in Wahrheit eine alte Frau war, die in ihrem Leben bereits hinter alles geschaut hatte, haßte sie neben den Singvögeln auch die naiven Jungfrauen. Wenn sich eine Jungfrau dem Haus im Wald näherte, dann …

Es waren einmal Jorinde und ihr Liebster Joringel. Die wohnten jeder eng bei sich zu Hause, das heißt, sie konnten zu Hause nicht miteinander reden und konnten nicht miteinander schmusen, weder bei ihm noch bei ihr. Darum gingen sie in den Wald und taten es dort. Jeden Tag gingen sie ein Stück weiter in den Wald, und eines Tages lehnte Joringel sich beim Küssen mit dem Rücken an eine Mauer.

»Was ist das für eine Mauer?« fragte er.

Da sahen sie, daß es die Mauer eines Hauses war. Efeu wucherte über das Haus, darum hatten sie es erst nicht bemerkt.

»Ich will anklopfen«, sagte Joringel, und er hob die Hand, machte eine Faust – aber er klopfte nicht an.

»Warum klopfst du denn nicht an?« fragte Jorinde.

Aber Joringel antwortete ihr nicht. Er stand nur da. Einfach nur da. Und neben ihm saß ein Hase im Moos. Einfach im Moos. Und Joringel stand nur da.

Der Hase aber war die Zauberin. Und sie hatte den Joringel starr gemacht. Und dann brach aus dem Fellkleid des Hasen ein Falke und aus dem Federkleid des Falken brach die menschliche Hexe, denn es war inzwischen Abend geworden.

Die Hexe stand nicht anders da als Joringel, die Arme hingen an ihrem Körper herab, und ihr ganzer Wille war aus ihr gefahren. So zauberte sie, nur so konnte sie zaubern.

Nur Jorinde, die Jungfrau, bewegte sich. Und das Fräulein schrie: »Nicht kenne ich die Welt, wenn sie so ist! Nicht will ich sie kennen, wenn sie so ist!« Das schrie Jorinde, die Jungfrau, und ihre Stimme flog in die Höhe und fuhr aus ihr heraus, wie der Wille aus der Zauberin herausgefahren war. Und am Ende war Jorindes Stimme nur noch ein Zirpsen: »Zicküth! Zicküth! Zicküth!«

Die Zauberin verzauberte Jorinde in eine Nachtigall. Und sie fing die Nachtigall ein und trug sie in ihr Haus und steckte sie in einen Käfig. Dieser Käfig aber war einer von siebentausend Käfigen, in die lauter Vögel gesperrt waren. Das waren verzauberte Jungfrauen.

Zu Joringel aber sagte die Zauberin: »Grüß dich, Joringelchen! Wenn das Möndlein durchs Zweiglein scheint, dann wirst wieder Fleisch und kannst hüpfen!«

Und als der Mond durch die Zweige schien, konnte sich Joringel wieder bewegen, und er klopfte an die Tür des Hauses, aber mit jedem Schlag wurde die Tür härter, bis sie am Schluß ein Fels war, und die Jorinde war darin begraben.

Da zog Joringel in die Welt hinaus und tat Unfug und bereitete anderen Unheil vor lauter Gram, und wurde ein Grausamer und Gefährlicher, und eines Nachts träumte er. Er träumte, er fände eine rote Blume, und in der Mitte der Blume sei eine Perle, und mit der Blume und der Perle, so träumte er, gehe er zu dem Felsen, hinter dem seine Jorinde als Nachtigall begraben war, und er träumte, er berühre mit der Blume den Felsstein, und alles werde dann gut.

Und so machte sich Joringel am nächsten Tag auf und suchte so eine rote Blume mit einer Perle darin, und er fand eine Mohnblume, in der ruhte ein Tautropfen.

»Das wird gelten«, sagte sich Joringel, und es galt.

Er berührte den Felsen, und der tat sich auf, und er berührte die siebentausend Käfige, und die taten sich auf, und siebentausend Jungfrauen waren um Joringel, und eine unter ihnen war Jorinde.

Joringel und Jorinde gingen schnell aus dem Wald fort, und wahrscheinlich war ihre Sache gerettet.

Und die Zauberin? Joringel hatte ihren schwarzen Haarschopf mit der roten Blume berührt, und die Tauperle war in dem dichten Haar versickert, und da war der Frau der Wille zurückgegeben worden.

»Was ist das mit dem Wille«, fragt der Heinrich die Base, die ihm die Geschichte erzählt hat.

»Der kann alles und ist zugleich allem im Weg«, sagt die Base.

In Deutschland hat man diese Geschichte erzählt – so oder so ähnlich.

Müadele Müadele

Müadele Müadele
Im Gaschthus zum Oxa
Tuats Müadele Müadele
Mit Händ und Füaß boxa

Müadele Müadele
Im Gaschthus zum Bära
Tuats Müadele Müadele
A kläle plära

Müadele Müadele
Im Gaschthus zum Schiffle
Lots Müadele Müadele
Zmol a Pfiffle

Müadele Müadele
Im Gaschthus zum Fisch
Macht d Mama deam Müadele
S Windele frisch

Müadele Müadele
Im Gaschthus zum Stern
Heats Müadele Müadele
A jeda gern

Müadele Müadele
Im Gaschthus zum Schöfle
Machts Müadele Müadele
Endlich a Schlöfle

In Vorarlberg hat man dieses Lied gesungen.

Sochiti Loch und Kogolkin Pach

Es war, weil es nicht war, nämlich die komplizierte Geschichte von Sochiti Loch und Kogolkin Pach.

Übrigens: Die beiden hatten je zwei Frauen. Mit einer waren sie verheiratet, und dann hatten sie noch jeder eine Geliebte. Weil aber die Geliebte von Sochiti Loch und Kogolkin Pach ein und dieselbe Person war, spielen nur drei Frauen eine Rolle in dieser Geschichte.

Übrigens: Die Geliebte hieß Marita.

Sochiti Loch und Kogolkin Pach kannten sich nicht, sie hatten sich noch nie gesehen. Denn Marita richtete es so ein: Der eine kam am Morgen, der andere kam in der Nacht. Und zu jedem von beiden sagte sie: »Hör zu! Wenn du nicht bei mir bleiben willst, dann kannst du jederzeit kommen. Wenn du aber eines Tages kommst und sagst, du willst bleiben, dann schmeiß ich dich raus!«

Übrigens: Sochiti Loch und Kogolkin Pach werden auch die Feiglinge genannt. Warum? Ich will es erzählen.

Sochiti Loch und Kogolkin Pach waren durch und durch verschieden. Sochiti Loch war klein und zart, Kogolkin Pach war groß und stark. Sochiti Loch liebte es, mit Marita bei Tageslicht, am liebsten am frühen Morgen zu schlafen, während Kogolkin Pach es nur bei Dunkelheit wollte. Sochiti Loch aß kein Fleisch, Kogolkin Pach aß nur Fleisch. Sochiti Loch liebte es, wenn Marita geschminkt und geschmückt war, Kogolkin Pach wollte sie ganz natürlich haben.

Ein Versteckspiel veranstaltete Marita mit den beiden, und eine Zeitlang ging das gut. Aber dann wurde sie nachlässig.

Da gab sie Sochiti Loch Fleisch zu essen, und sie schminkte und schmückte sich vor Kogolkin Pach. Und da zeigt sich nun, daß die beiden feig waren. Zwar wollte weder Sochiti Loch Fleisch essen, noch wollte Kogolkin Pach seine Geliebte geschminkt und geschmückt sehen, aber sie trauten sich nicht, etwas zu sagen. Jeder von beiden dachte bei sich: Dann schmeißt sie mich raus.

Und bald war es so, daß das Fleisch Sochiti Loch zu schmecken begann, und bald war es so, daß es Kogolkin Pach gefiel, wenn sich Marita schminkte und schmückte. Und der eine fand es nun durchaus angenehm, auch am Tag mit ihr zu schlafen, und der andere hatte nichts dagegen, es auch in der Nacht bei Dunkelheit zu tun. – Sie gerieten durcheinander.

Auch zu Hause gerieten sie durcheinander. Sie benahmen sich anders. Sochiti Loch aß nun auch zu Hause Fleisch, und Kogolkin Pach wünschte sich ausdrücklich, daß sich seine Frau schminkte und schmückte.

Da sagten die Ehefrauen: »He! Was ist los? Man kennt sich nicht mehr aus!« Und die eine sagte zu Sochiti Loch: »Wer bist du?« Und die andere sagte zu Kogolkin Pach: »Wer bist du?«

Übrigens: Von nun an werden Kogolkin Pach und Sochiti Loch auch die Verlorenen genannt.

Bald geriet alles aus den Fugen. Kogolkin Pach kam nun auch am Tag, am frühen Morgen, und Sochiti Loch tauchte zur selben Zeit auf. Und in der Nacht war es nicht anders. Und sie selbst, jeder für sich, sagte zu sich: »Ich weiß nicht mehr, wer ich bin.« Und auch für Marita wurde es immer schwieriger, die beiden in ihrem Haus auseinanderzuhalten.

Vor Marita spielten sie stark, aber zu Hause vor ihren Frauen gestanden Sochiti Loch und Kogolkin Pach: »Wir wissen nicht mehr, wer wir sind.«

Und die Frauen sagten: »Na, he! Wenn ihr nicht mehr wißt, wer ihr seid, dann verschwindet! Dann wollen wir euch nicht mehr haben!«

Und Kogolkin Pach und Sochiti Loch wurden zu Hause rausgeschmissen!

Ja, wohin gingen sie? Sie gingen zu Marita. Und da standen sie vor ihr – nicht beide nebeneinander, nein, der eine an der Hintertür, der andere an der Vordertür – und sie sagten: »Ja, also, es ist so … ein bißchen … wollen wir bei dir bleiben …«

Das hörte Marita nicht gern. Aber sie hatte im Prinzip ein gutes Herz. Den einen versteckte sie im Wohnzimmer, den anderen im Schlafzimmer. Und einmal schlüpfte sie ins Wohnzimmer, und einmal schlüpfte sie ins Schlafzimmer. Einmal schlüpfte sie zu Kogolkin Pach, und einmal schlüpfte sie zu Sochiti Loch.

Aber so gut war ihr Herz auch wieder nicht, daß sie so einen Zustand ein Leben lang aufrechterhalten wollte, und eines Tages sagte sie: »Ich habe euch gewarnt. Jetzt ist es so weit. Zieht eure Hosen an und verschwindet!«

Und da zogen Sochiti Loch und Kogolkin Pach ihre Hosen an und verließen das Haus, der eine durch die Hintertür, der andere durch die Vordertür. Sie standen nun auf der Straße und wußte nicht wohin. Nach Hause konnten sie nicht mehr, und zu ihrer Geliebten konnten sie auch nicht mehr. Also wanderten sie in die Welt hinaus.

Und sie gingen und wanderten und waren niedergeschlagen und steckten ihre Hände in die Hosentaschen. Und da merkten sie, daß ihre geliebte Marita ihnen ein kleines Geschenk gemacht hatte. In Sochiti Lochs Hose hatte sie eine Handvoll Erde gesteckt, in die Hose von Kogolkin Pach hatte sie eine Rasierklinge geschoben. Aber die beiden, weil sie nicht mehr wußten, wer sie waren, hatten die Hosen verwechselt, und deshalb griff Sochiti Loch in die Rasierklinge, und Kogolkin Pach griff in die Erde.

Kogolkin Pach warf die Erde zu Boden, und da sah er, daß aus der Erde Bäume wuchsen und Sträucher wuchsen und Gräser wuchsen. Aber die Erde in der Hosentasche nahm nicht ab, soviel er auch hineingriff und hinter sich warf. Und alles begann hinter ihm zu wachsen und zu wuchern.

Sochiti Loch aber verletzte sich an der Rasierklinge in seiner Hosentasche, und die Wunde blutete. Und dann traf er einen auf der Straße, und dem gab er die Hand, und der fiel um und war tot. Und dann traf er einen anderen, und auch dem gab er die Hand, und auch der fiel um und war tot. Und Sochiti Loch sah, daß seine Wunde an der Hand Leben auslöschen konnte.

Mit diesen Gaben ausgestattet, gingen die beiden, Sochiti Loch und Kogolkin Pach, hinaus in die Welt. Kogolkin Pach wurde ein wunderbarer, weithin berühmter Gärtner. Wo immer er auftauchte, ließ er Erde fallen, und es wuchs und wucherte. Sochiti Loch aber wurde ein berüchtigter Mörder, ein berüchtigter Soldat. Er ließ sich in den Dienst von Herren stellen. Ganze Städte vernichtete er mit seinem Handschlag.

Und weil sich Kogolkin Pach, der große, auf dem Feld, wo er pflanzte, so viel bücken mußte, wurde er kleiner. Und weil Sochiti Loch, der kleine, weil er so viel mordete, sich so viel strecken mußte, wurde er größer. Und sie waren mit ihrer Arbeit so beschäftigt und hatten keine Zeit mehr, sich zu rasieren und die Haare zu schneiden, deshalb sahen sie bald einer aus wie der andere. Sochiti Loch sah aus wie Kogolkin Pach, und Kogolkin Pach sah aus wie Sochiti Loch.

Bald war die eine Hälfte der Erde Urwald, und die andere Hälfte war tot.

Und da trafen sie aufeinander. Und der eine sagte zum anderen: »Wer bist du?« Und der andere sagte zum einen: »Wer bist du?«

Und Sochiti Loch, der Mörder, sagte zu Kogolkin Pach, dem Gärtner: »Vielleicht bist du ja ein Freund. Soll ich dir meine Hand geben?«

Und Kogolkin Pach, der Gärtner, fragte: »Was geschieht denn, wenn du mir die Hand gibst?«

Und Sochiti Loch sagte: »Ich will ehrlich sein. Dann bist du tot.«

Und Kogolkin Pach sagte: »Soll ich dir Erde ins Gesicht werfen?«

Und so standen sie sich gegenüber. Und dann ging der eine um den anderen herum, und sie beobachteten einander.

Und Sochiti Loch sagte: »Oder soll ich dir etwa doch die Hand geben?«

Und Kogolkin Pach sagte: »Oder soll ich dir vielleicht doch Erde ins Gesicht werfen?«

Das ging viele Jahre so. Die Pflanzen hinter Kogolkin Pach starben zur Hälfte ab, und die Erde sah bald wieder so aus wie früher. Und die Städte hinter Sochiti Loch begannen sich allmählich wieder zu beleben und sahen aus wie früher.

Aber Sochiti Loch und Kogolkin Pach standen sich immer noch gegenüber, und der eine sagte: »Vielleicht soll ich dir doch die Hand geben?«

Und der andere sagte: »Vielleicht soll ich dir doch Erde ins Gesicht werfen?«

Die vor der Stadt wohnen haben diese Geschichte erzählt – so oder so ähnlich.

Jack Buttermilch

Jack Buttermilch hatte seinen Stand am Ende der schlechten Straße. Mit einem halben Fuß schon auf der guten, das war verboten in London, aber er hat es trotzdem getan. Und dort verkaufte er seine Ware, die bestand nur aus Buttermilch. Die war besonders fein, denn er drückte sie durch ein feines Sieb.

Weil er sich traute, einen halben Fuß auf die gute Straße zu stellen, sagten die guten Leute: »Das darf er zwar nicht, aber wenn er es doch tut, dann kann das nur heißen, daß er ein mächtiges Selbstbewußtsein hat, und wenn er so ein mächtiges Selbstbewußtsein hat, dann hat das einen Grund, und was für einen anderen Grund kann das haben als seine Buttermilch, also muß die besonders gut sein, besonders fein ist sie auf jeden Fall, weil er sie durch ein feines Sieb drückt.«

Und darum kauften ihm die guten Leute literweise Buttermilch ab. Das Geschäft des Jack Buttermilch ging ausgezeichnet.

Eines Tages kam der Hexer George vorbei, der konnte aus wildem Gras Zwiebel und Salatköpfe zwirbeln, und aus Kieselsteinen konnte er Zwieback zurechtpressen, und als er Jack Buttermilch sah, dachte er: »Mein Gemüse wird besser schmecken, wenn ich meinen Zwieback dazu in Buttermilch tunke.«

Aber der Hexer George war geizig, drei Frauen hatte er bereits umgebracht, nachdem er sie abgeerbt hatte wie Pflaumenbäume im September, und weil er so geizig war, wollte er für die Buttermilch von Jack Buttermilch nichts bezahlen.

»Ich tausche gegen Steine«, sagte er.

»Kein Bedarf«, sagte Jack Buttermilch.

»Und gegen wildes Gras?«

»Kein Bedarf«, sagte Jack Buttermilch.

»Dann eben anders«, sagte der Hexer George und riß Jack Buttermilch am Kragen hoch und steckte ihn in seinen Sack.

»Ich bin ein Hexer«, sagte er über seine Schulter zurück zu dem Sack, der auf seinem Rücken hing, »ich kann dich zum Beispiel in weiße Buttermilch verwandeln, so wie ich wildes Gras in Zwiebel und Salatköpfe verwandeln kann.«

So ging der Hexer George durch die schlechte Straße von London, den Sack mit Jack Buttermilch auf dem Rücken, und da fiel ihm ein, daß er in der guten Straße etwas vergessen hatte, aber mit dem schweren Sack auf der Schulter wollte er nicht zurückgehen.

Da waren gerade Straßenarbeiter, und zu denen sagte er: »Wenn ihr auf meinen Sack da aufpaßt, gebe ich euch einen Salatkopf.«

Und die sagten: »Gut.«

Als der Hexer George weg war, streckte Jack Buttermilch ein Fingerchen aus dem Sack und rief: »Ein Mensch ist hier drin! Ein Mensch ist hier drin!«

»Wenn der uns etwas Besseres gibt als einen Salatkopf, dann lassen wir ihn gern raus«, sagten die Straßenarbeiter.

»Buttermilch gebe ich euch«, sagte Jack Buttermilch, »feine, weiße.«

Das war besser.

Als er aber draußen war, wollte er seine Buttermilch nur hergeben, wenn die Straßenarbeiter Brombeerdornen in den Sack stecken. Gut, das taten sie.

Dann kam der Hexer George zurück, teilte an die Männern Salatköpf aus und schulterte den Sack. Und als er so ging, stachen ihn die Dornen in den Rücken. Er lachte und sagte: »Na, Jack Buttermilch, bist du schön knusprig geworden in der Zwischenzeit, das ist gut. Denn ich werde dich aufessen.«

Aber zu Hause sah er, daß es Dornen waren. Nun denkt ja nicht, daß der Hexer George deswegen fluchte! Das tat er nicht. Er verwandelte die Dornen in geflügelte Pferde, an diesem gesegneten Tag gelang ihm das, und die Pferde stellte er in den Stall. Dann machte er sich auf, nach London zurück, an die Grenze zwischen guter und schlechter Straße.

Freilich stand dort wieder Jack Buttermilch und bot seine Ware an.

Zum zweiten Mal steckte ihn der Hexer in den Sack, und wieder hat er etwas in der guten Straße vergessen, wieder bat er die Männer auf den Sack aufzupassen, und wieder haben sie Jack Buttermilch gegen Buttermilch herausgelassen, und diesmal haben sie Steine hineingesteckt.

»Ist dein Fleisch schon so mürbe«, sagte der Hexer George über seine Schulter nach hinten, »daß dir die Knochen klappern?«

Und zu Hause bekam er wieder keinen Zorn, sondern verwandelte die Steine in ein großes, feines Sieb, nur einen Stein, den schwersten, ließ er übrig. Und dann ist er zum dritten Mal nach London gegangen, nämlich dorthin, wo die gute und die schlechte Straße zusammenstoßen.

»Jack Buttermilch«, sagte der Hexer George, »wenn du freiwillig mit mir kommst, dann will ich dich zum Segen der Erde machen.«

Das war ein mächtiges Angebot, und Jack Buttermilch konnte nicht widerstehen, und er ging freiwillig neben dem Hexer George her.

»Alle deine Buttermilch will ich dafür«, sagte der Hexer, und dafür, daß er ein Segen der Erde werden wird, gab ihm Jack Buttermilch alles, was er hatte.

Der Hexer aber setzte ihn in das Sieb und legte den großen Stein auf ihn drauf, und spannte die geflügelten Pferde vor das Sieb, und die geflügelten Pferde flogen über die Erde, und der große Stein preßte das Blut aus Jack Buttermilch, ganz so, wie Jack Buttermilch seine Buttermilch durch das Sieb gepreßt hatte, und das Blut tropfte herunter und tränkte die Erde, und das war gut für die Pflanzen. Die Salatköpfe wuchsen, und das wilde Gras wuchs, und die Zwiebel wuchsen genauso.

In England ist diese Geschichte erzählt worden – so oder so ähnlich.

Die Polin (Sonett mit Akrostichon)

»Halt ja den Mund!« hat mir A. P. am 12. 3. 93 von London
aus ins Telephon befohlen.
– England, deine Schiffe! Frankreich, dein Verstand! –
»Rita? Lebt in Metz. Ihr Mann ist Fabrikant.« –
Zum Thema Stehlen heut' A. P.: Sie habe nie gestohlen.

Es war im Sommer 70. Unter den Parolen
Neckte sich und kratze sich, was sich grad fand.
Ungeschützt am Strand auf dünnen Sohlen stand,
Noch keine zwanzig, Mutter schon, A. P. aus Polen.

– Deutschland, Deutschland, deine stolze Konsequenz! –
»Bei euch hier«, sprach A. P., »ist's besser als im Osten.
Überhaupt: Nur Deutschland hat die Kompetenz,

CHaraktervoll zu töten. Leider«, sprach sie weiter, »kosten
Einwegwindeln hier so viel wie drüben Shit.«
»Richtig«, sagte ich. Und darum nahmen – me and you –
die Windeln für die kleine Rita und das andre –
weißt schon –, was der Mensch so braucht, halt
einfach mit …

Am Telephon hat man sich dieses Gedicht vorgelesen.

Der Mund

Es war einmal ein Mund, der machte viel Freude, wenn er heimlich im Spiegel betrachtet wurde. Es war der Mund einer Frau, sie konnte sich nicht satt sehen an ihm. Die Augen waren auch schön, aber sie waren nichts Besonderes, und nur weil sie über dem Mund lagen, meinten manche, sie wirkten rätselhaft. Aber sie waren nicht rätselhaft, und vielsagend blicken konnten sie auch nicht. Das ließ sich leicht testen. Manchmal sprach die Frau mit ihrem lieben Mann, dann verdeckte sie den Mund hinter der vorgehaltenen Hand, und sie sprach Dinge, die voll Zauber und Anmut waren, und sie warf Blicke, die aus der tiefsten Seele geholt waren. Aber der Mann, der liebe, der antwortete der Frau, als ob sie ihm vom Zwiebelanbraten gesprochen hätte. Dann nahm sie die Hand vom Mund und sagte: »Soll ich dir ein Butterbrot streichen?« Und der Mann war angerührt von den Worten, als wären sie von den Zettelchen der Wahrsagerin abgelesen oder gar aus der Bibel abgeschrieben worden, und er legte seine Hand auf ihre Wange. – Der Mund machte das, nur der Mund.

Der Mund machte, daß sich ein anderer, ein mächtiger Herr in die Frau verliebte, der mächtigste nämlich. Ihm gehörte der größte Wagen, der größte Fernseher, der größte Kühlschrank, er warf Geldscheine aus dem Seitenfenster seines Wagens, das machte er, ohne daß es ihm weh tat. Dieser wurde der Einmalige genannt, und er lauerte der Frau mit dem schönen Mund an der Hausecke auf und sagte zu ihr: »Was kann dein Mann für dich schon groß tun, ha?«

»Er liebt mich«, sagte sie, »das hat mir bisher immer genügt.«

»Von nun an wird es dir nicht mehr genügen«, sagte der mächtige Mann und gab Gas und fuhr davon.

Ich weiß schon, was der vorhat, dachte sie, und ihr schöner Mund lächelte. Er denkt sich, dachte sie, wenn er mich einfach stehen läßt mit diesem Satz, den er da zum Autofenster hinausgehaspelt hat, dann senkt sich dieser Satz in mein Herz wie ein Zitronenkern in einen Blumentopf, und ein Wunsch fängt in meinem Herzen an zu wachsen. Und die Frau wettete im Stillen mit sich selbst, daß sie der Einmalige morgen wieder abpassen werde und wieder so einen Satz sagen werde, vielleicht sogar den gleichen.

»Ich habe euren Einmaligen durchschaut«, sagte sie zu Hause zu ihrem lieben Mann. »Er ist einer, der vor euch hintritt und sagt: Wenn ihr nicht mehr wollt, daß ich euer Bürgermeister bin, dann sagt es nur, dann will ich auch nicht mehr euer Bürgermeister sein. So tut er, weil er weiß, daß sich keiner von euch traut, ihm etwas ins Gesicht zu sagen. Und dann sagt er: So, jetzt bin ich aber euer Bürgermeister, und von nun an will ich kein Wort mehr hören. Und dann geht ihr und brummt und beklagt euch, was er doch für ein schlechter Bürgermeister ist. So einer ist er, euer Einmaliger.«

»Du redest dummes Zeug!« sagte ihr Mann und zog den Gürtel aus der Hose und schlug sie damit.

Die Frau hieß Gunda. Der Name ihres Mannes ist nicht bekannt.

Am nächsten Tag wartete Gunda an derselben Hausecke auf den Einmaligen, daß er mit seinem großen Wagen daherkomme und zum Fenster hinausschaue und seinen großen Ring am Finger blitzen lasse. Aber der Einmalige kam nicht.

Am dritten Tag setzte sich Gunda zu Hause an den kleinen Eßtisch, lehnte den Scherben Spiegel, den sie vor ihrem lieben Mann versteckt hielt, an die Kaffeekanne und schminkte sich ihren Mund, den hohen, noch höher auf, so daß er wie eine Wunde aussah, die aus Eifersucht geschlagen worden war. Und Gunda, das laßt euch gesagt sein, die verstand etwas von Farben. Sie besaß ein Kleid, das war rot und das schonte sie, das hatte sie jahrelang geschont, denn seit Jahren hatte es keine Gelegenheit gegeben, das Kleid nicht zu schonen. Aber jetzt war Gelegenheit dazu. Und dieses Kleid hatte die gleiche Farbe wie der Lippenstift. Natürlich war die Anschaffung von Lippenstift und Kleid in der umgekehrten Reihenfolge geschehen. Man kauft nicht ein Kleid nach dem Lippenstift, wohl aber den Lippenstift nach dem Kleid.

Und wie sah das aus? Es sah aus, als ob das Blut aus der Eifersuchtswunde ihres Mundes über ihren Körper geflossen wäre, so sah es aus, und so sollte es aussehen. Schuhe besaß sie leider keine passenden, und darum ging sie barfuß. Aber glaubt mir, hätte sie passende Schuhe besessen, man hätte ihr raten müssen, sie zu Hause zu lassen. So reizend war Gunda, die barfüßige.

Aber der Einmalige fuhr wieder nicht an dieser Hausecke vorbei. Nur sein Hund kam dahergetrottet. Und zu dem Hund sagte Gunda: »Hör zu, Zipflo, sag deinem Herrn, dem eingebildeten, ich warte hier noch genau eine Stunde, dann kehre ich zu meinem lieben Mann zurück, und die Chance ist vertan.«

Aber Hunde können nicht reden. Und der Einmalige kam nicht, und Gunda kehrte nach Hause zurück. Da wartete ihr Mann, und weil sie keine Erklärung für den hohen Mund und keine Erklärung für das rote Kleid und keine Erklärung für die baren Füße abgeben wollte, zog er wieder den Ledergürtel mit der Silberschnalle aus der Hose und verprügelte sie.

Und dann eines Tages, vielleicht einen Monat oder ein Jahr später, geschah es, daß Gunda ihren lieben Mann zusammen mit dem Einmaligen im Wirtshaus trinken und wetten sah. Was wetteten sie? Sie wetteten, wer von ihnen beiden die größere Männlichkeit besitze. Und gerade als sie einschlugen und die Geldscheine auf den Tisch legten, sahen sie durch das Fenster, daß draußen Gunda vorbeiging auf der Suche nach ihrem lieben Mann.

Da sagte der Einmalige: »Und wer soll den Schiedsrichter machen?«

Der liebe Mann sagte: »Brauchen wir denn einen Schiedsrichter?«

»Nein«, sagte der Einmalige, »allemal lieber wäre mir eine Schiedsrichterin. Was ist mit deiner Gunda? Und wenn ich noch einen Tausender drauflege?«

Damit war der liebe Mann einverstanden, und er holte Gunda in die Gaststube und sagte ihr, sie solle ein Stück fettes Fleisch beim Wirt bestellen und es aufessen, sich aber den Mund, den schönen, nicht abwischen, denn er und der Einmalige wollen, daß ihr Mund glänze. Und Gunda tat, was ihr lieber Mann verlangte.

Und dann gingen der Einmalige und der liebe Mann und Gunda in ihrer Mitte hinaus zu den Lagerhäusern, wo um diese Zeit kein Mensch war.

Der liebe Mann sagte: »Gunda, du wirst tun, was wir von dir verlangen!«

Aber Gunda wollte das nicht. Da schlugen ihr lieber Mann und der Einmalige sie halbtot.

Aber nur halbtot. Nicht ganz tot. Ganz tot schlugen sie Gunda nicht. Als sie wieder zu sich kam und merkte, daß sie noch kriechen konnte, kroch sie in die Kirche. Sie kroch vor den Altar und betete: »Lieber Heiland im Himmel, der du das Elend kennst wie keiner, mach aus meinem Mund eine häßliche, stinkende, schwarze Höhle, in die alle fallen, die mir Böses tun wollen!«

Und der Heiland, der das Elend kennt wie keiner, hatte ein Ohr für Gunda, und kaum hatte sie ihr Gebet zu Ende gesprochen, fielen ihre schönen Lippen zusammen, so daß sie, als sie am Ende ihrer Bitte angekommen war, nur noch nuschelte, und ein Gestank stieg zu ihrer Nase empor. Aber dieser Gestank kam ihr wie Parfum vor, und das gab ihr Kraft, so viel Kraft, daß sie sich aufrichten konnte und die Kirche nicht kriechend verließ.

Zu Hause schnitt sie ihr schönes rotes Kleid zusammen

und machte sich einen Schleier daraus. Aber der Schleier verdeckte nur ihren Mund, nicht ihre Augen. Und das war gut, sie wußte ja, daß man aus ihren Augen nichts lesen konnte, daß man nur von ihrem Mund hatte lesen können – in ihrem früheren Leben.

Nun besuchte sie den Einmaligen und sagte: »Ich bin reuig.« Und auch ihren Mann, den lieben, besuchte sie und sagte: »Ich bin reuig.«

Und als die beiden ihre Männlichkeit von ihr messen lassen wollten, löste der Heiland von seinem Kreuz herunter sein Versprechen ein, und als der Einmalige und der liebe Mann plötzlich nicht mehr da waren, ging bald das Gerücht, Gunda habe die beiden verschlungen.

Eine Zeitlang sah man sie noch mit dem Schleier gehen. Dann legte sie den Schleier ab, und alle konnten endlich wieder ihren Mund sehen, der so rot war wie eine Wunde, die ein großer Schmerz geschlagen hatte.

Fernfahrer haben diese Geschichte erzählt – so oder so ähnlich.

Bier aus Eierschalen

Man traut sich nicht, laut über Elfen Böses zu sagen. Böses über sie denken darf man getrost, soll man sogar. Laut nennen soll man sie »The Good People«. Wenn man mimisch geschickt ist, darf man dabei ein ironisches Gesicht schneiden, bei Ironie kommen sie nämlich nicht mit.

Elfen sind vom Himmel gestoßene Engel, sie haben zwar nicht auf der Seite Lucifers gekämpft, aber sie haben stillschweigend mit seiner Sache sympathisiert, als es so aussah, als ob er gewinnen würde. Das hat dann genügt, als er verloren hat. Aus dem Himmel mußten sie. Jedoch ihre Schuld war zu leicht, und so sanken sie nicht bis in die Hölle hinunter, grad bis zur Erde reichte es. Sie sind maximal zwei Zentimeter groß und so leicht, daß sie auf einen Tautropfen steigen können, ohne daß der zerfließt, nur zittern tut er. Wenn sie sich an die himmlische Wonne erinnern, sind sie schön, wenn sie sich an ihren bösen Opportunismus erinnern, sind sie krotenhäßlich. Dann tun sie auch Häßliches.

Zum Beispiel kam Frau Sullivan aus Nenagh eines Morgens die Stiege herunter, um nach ihrem Kind zu sehen, da war aus dem prallen, polierten, lieben Glückskuchen ein verschrumpeltes, Haut abschuppendes Ding geworden, das auch nicht einmal »Agi-Ai!« zum Morgengruß rief wie sonst immer. Seine Augen waren brennend rot entzündet, und der Mund schrie die ganze Zeit, was wie ein auffrisiertes Moped klang. Nach drei Stunden hätte Frau Sullivan den Balg am liebsten an die Wand geworfen. Aber ein bißchen, nämlich ganz weit im hintersten Gesichtseck, erinnerte das Ding eben doch an ihren kleinen Patrick.

Frau Sullivan besprach sich mit den Nachbarsfrauen, und man kam zur Ansicht und man faßte die Überzeugung, daß die Elfen den kleinen Patrick, den zum Platzen gesunden, in der Nacht mitgenommen und gegen diesen da eingetauscht hätten. Und die Nachbarinnen rieten der Frau Sullivan, sie solle den Unterschleif heimzahlen und den Falschen aus der Wiege reißen und auf einen glühenden Rost legen oder, wenn es ihr vorm Angreifen graust, eine glühende Zange nehmen und ihm die Nase damit zwicken, das ginge auch.

Aber weil im hintersten Gesichtswinkelchen der Gräuliche dem Lieben glich, tat das Frau Sullivan nicht. Sie fütterte den Schreihals, und der fraß wie ein Metzgershund, aber er setzte nichts an, keine Spur von Prallheit.

Da traf Frau Sullivan eines Tages die graue Lene, die zu sagen wußte, wo der Tod umgehe und was für der Seelen Ruhe gut sei, und sie erzählte, und die Kluge sagte:

»Seid Ihr sicher, daß es so ist?«

»Bin ich«, sagte Frau Sullivan.

»Dann folgendes!« sagte die graue Lene und schnitt geschickt Grimassen. »Lade doch The Good People zu deinem wirklich vorzüglichen Bier ein, das nur du in ganz Nenagh so vorzüglich zu brauen verstehst!«

Frau Sullivan konnte die geschickten Grimassen der grauen Lene lesen, und sie wußte auch, warum sie so geschickt ihr Gesicht verzog, nämlich weil unsichtbar die Elfen überall herum waren und die nicht hören sollten, was geplant wurde.

Daraufhin gingen Frau Sullivan und die graue Lene zu einem Schafstall, wo es stank und ein grauenhafter Blöklärm war, und die stellten sich mitten unter die Schafe. Bei diesem Lärm können die Elfen nichts mitkriegen, außerdem mögen sie Schafe nicht, das kommt noch vom Lamm Gottes her.

»So«, sagte die graue Lene, »du stellst die Wiege neben den Herd, dann wirfst du Eierschalen in siedendes Wasser und wenn du gefragt wirst, was das werden soll, sagst du, das wird Bier aus Eierschalen, und dann stößt du dem Frager, ganz gleich, wer es ist, den Schürhaken, den du vorher ins Feuer gelegt hast und der inzwischen glühend sein muß, in den Rachen.«

Und genauso tat Frau Sullivan. Wo war eigentlich Herr Sullivan? Niemand hat eine Ahnung! Das kleine Unwesen in der Wiege schaute recht aufmerksam zu, wie die Frau Feuer machte, und als sie den Kessel mit Wasser aufsetzte, leckte es die Lippen, und als sie die Eierschalen in das kochende Wasser warf, hob es das schrumpelige Köpfchen.

Und endlich fragte das Ding mit der schartig rauhen Stimme eines alten Mannes: »He, Mutter, was soll das werden? Was köchelt Ihr da?«

Der Frau Sullivan war zu Mut, als ob ihr der Schnauf genommen würde. Aber sie ließ sich nichts anmerken. Nur schielte sie heimlich auf den Schürhaken im Feuer, ob der schon rot wäre. War er aber noch nicht.

»Ich?« sagte sie. »Du willst wissen, was ich da braue, mein Söhnchen?«

»Ja, Mutter«, ruchelte es aus der Wiege, »was braut Ihr da? Ists Bier?«

»Was solls auch anderes sein als Bier«, sagte sie.

»Ein feines Bier?«

»Mein berühmtes Bier.«

»Und warum brauchts dazu Eierschalen?«

»Weils ein Bier aus Eierschalen wird«, sagte Frau Sullivan.

»Was denn!« rief das leichte Teufelchen und richtete sich in der Wiege voll auf. »Ich bin nun schon tausend und fünfhundert Jahr alt und hab noch nie ein Bier aus Eierschalen getrunken!«

»Dann tus jetzt!« schrie Frau Sullivan und zog den roten Schürhaken aus dem Feuer. Aber sie glitt aus und fiel hin, und der Schürhaken rutschte quer über den Küchenboden und bremste erst beim Stuhl und versengte ein Stuhlbein.

Aber – keine Sorge! – das Angefangene hat doch genützt, der häßliche Elfenbalg war davon, und in der Wiege lag prall und blank wie zuvor, mild lächelnd und fein schnärchelnd, das liebe kußfrohe Eigene.

In Irland hat man uns diese Geschichte erzählt – so oder so ähnlich.

Daidalos

Daidalos war ein Baumeister, er war der berühmteste Baumeister der griechischen Sagenwelt, der berühmteste Architekt, der berühmteste Ingenieur, der berühmteste Erfinder. Und er war – das wissen nur wenige – in seiner Jugend auch Bildhauer gewesen.

Sokrates hat behauptet, er stamme von Daidalos ab. Er hat gesagt, der sei ein Vorfahre von ihm, dieser Daidalos, und hat sich dabei auf dessen bildhauerische Tätigkeit bezogen. Der Philosoph meinte das in einem übertragenen Sinn, nämlich in bezug auf seine eigene Methode des Philosophierens. So wie Daidalos mit seinen Händen der Wahrheit auf die Spur gekommen sei, so komme er, Sokrates, eben mit seinen Fragen der Wahrheit auf die Spur.

Nun wissen wir, daß Daidalos eine radikal naturalistische Auffassung der Bildhauerkunst vertrat. Er hatte sehr geschickte Hände, und er baute Menschen nach. Ich weiß nicht, welches Material er dafür verwendet hat. Diese Figuren jedenfalls stellte er in Athen, seiner Heimatstadt, auf dem Marktplatz auf. Dann hat er sich verkleidet, so wird erzählt, und hat gehorcht, was die Leute dazu sagten. Und die Leute waren begeistert von den Figuren, und Daidalos wurde berühmt.

Und was sagten die Leute?

Sie sagten: »Diese Figuren sehen fast so aus, als ob sie lebten. Fast!«

Und das war ein Stachel für des Daidalos' Ehrgeiz. Von nun an war es sein Ziel, dieses »Fast« loszuwerden. Er wollte, daß seine Figuren von wirklichen Menschen nicht zu unterscheiden seien.

Er hat Nachforschungen angestellt, was seinen Werken fehle. Da hieß es: Die Bewegung. Die Figuren, hieß es, stehen nur so da. Von weitem betrachtet könne man sie vielleicht wirklich nicht von lebenden Menschen unterschieden. Wenn man sie aber länger und von der Nähe ansehe, dann bemerke man, die stehen ja nur da, die sind nicht echt, die können nicht echt sein. – Leben aber heißt sich bewegen.

Da hat Daidalos in seine Figuren einen Mechanismus eingebaut, hat aus ihnen Maschinen gemacht. Und nun bewegten sie sich.

Und was geschah? Nichts geschah. Gar nichts. Für Daidalos eine Katastrophe.

Die Leute sagten: »Man hat schon lange nichts mehr von Daidalos gehört. Was macht der denn? Macht er noch etwas?«

Seine Figuren, die sich auf dem Marktplatz von Athen bewegten, die sahen so aus wie lebendige Menschen, die hat tatsächlich niemand von lebendigen Menschen unterscheiden können. Alle sind an diesen Figuren vorbeigegangen, haben sie gegrüßt oder nicht gegrüßt, aber niemand hat sich um sie gekümmert.

Daidalos verstand die Welt nicht mehr. Er beschloß, die Bildhauerei aufzugeben. Diese Kunst, schimpfte er, sei nichts weiter als eine dumme, fruchtlose Spielerei.

Wer war nun dieser Daidalos?

Stellt man eine solche Frage, dann heißt das in der alten Sagenwelt, man muß sich die Antwort aus der Verwandtschaft, aus der Herkunft holen. Der Mythos kennt keine Begriffe, er kennt nur Namen. Wir müssen also an dieser Stelle einen kleinen Ausflug in die mythische Vorvergangenheit machen:

Einer der Vorfahren des Daidalos war der erste König von Athen, nämlich Erichthonios. Er war halb Mensch, halb Schlange. Sein Vater war Hephaistos, der Gott mit den guten Händen, der Ingenieur unter den Gottheiten. Wobei ich das Wort »Vater« zwischen kräftige Anführungszeichen setzen möchte. Die Mutter des Erichthonios war Pallas Athene. Das Wort »Mutter« möchte ich ebenfalls zwischen Anführungszeichen stellen, noch kräftigere Anführungszeichen.

Wenn Hephaistos der Gott der sauberen, perfekten praktischen Ausführung ist, dann ist Pallas Athene die Göttin des genialen Einfalles. Man denkt sich, wenn diese beiden zusammenfinden, dann kommt etwas Großes heraus. Von Hephaistos Seite wäre einem Zusammenkommen nichts entgegengestanden, er war verliebt in Athene. Sie aber, sie wollte nicht, sie wollte Jungfrau bleiben. Sie war in niemanden verliebt, nie. Ich hätte mir immer gewünscht, daß Athene und Hephaistos ein göttlichen Paar werden. Ich fand, sie passen gut zusammen. Beide klug, beide schöpferisch veranlagt. Beide was ihre Herkunft betrifft ähnlich. Gut, Hephaistos hinkte, aber das hätte Athene sicher nicht gestört, ihr war der Geist, die Intelligenz wichtig. Deshalb hat sie auch keinen Gott mehr verachtet als den blöden Kriegsgott Ares.

Hephaistos ist der Sohn der Hera, aber er hat keinen Vater. Hera, die so oft von ihrem Gatten Zeus betrogen wurde, wollte es ihm einmal zeigen, sie hat sich gesagt: Ich bringe das ganz allein fertig, ich brauche keinen Mann dazu. Und hat aus sich selbst heraus den Hephaistos geboren, und er gefiel ihr nicht, er war so häßlich, und sie hat ihn vom Olymp auf die Erde geschmissen. Es ist nicht sicher, ob er zweiundzwanzig oder achtundzwanzig Stunden lang geflogen ist, aber er landete sehr hart und hat sich dabei die Hüfte zerschmettert und ein Bein gebrochen.

Eine Nymphe hat ihn großgezogen, und er wurde Schmied, und sein Meisterstück war eine Hommage an seine Mutter Hera, die ihn vom Olymp geworfen hatte. Er hat ihr einen Thron aus Gold gebaut und hat ihn in den Olymp schicken lassen, und dieser Thron war schöner als der Thron des Zeus. Darauf hat sich Hera sehr gerne gesetzt.

Dieser Hephaistos hatte die Gabe, tief in die Seelen der Götter blicken zu können. – Dabei weiß ich gar nicht, ob die Götter Seelen haben. – Wie auch immer: Hephaistos erkannte, daß Mensch und Gott nie lächerlicher wirken, als wenn sie gezwungen werden, das zu tun, was sie am liebsten tun. Wenn wir zu unserer Lieblingsbeschäftigung gezwungen werden, dann werden wir zum Gespött. Hera hat nichts lieber getan, als bei Tisch zu sitzen und zu tafeln und mit ihren Händen die Armlehnen ihres goldenen Thrones zu streicheln. Und als sie dann aufstehen wollte, hat sie einen Mechanismus ausgelöst, und sie konnte sich nicht mehr von diesem Stuhl erheben, sie war daran gefesselt.

Die Götter lachten, zuerst lachten sie. Aber das kann ja nicht angehen, daß die Göttermutter an den Eßtisch gefesselt ist. Aber keinem gelang es, den bösen Mechanismus zu lösen.

Da ließ Hephaistos mitteilen: »Wenn ihr mich in den Olymp aufnehmt, dann werde ich meine Mutter befreien.«

So hat er sich in den Olymp hinauf gepreßt, dieser kluge Hephaistos.

Es war zur selben Zeit, als Zeus heftige Kopfschmerzen bekam und zwar so heftige Kopfschmerzen, daß er den handwerklich geschickten Neuankömmling Hephaistos bat, er solle doch eine Axt nehmen und ihm den Schädel spalten. Das hat Hephaistos gern getan, und aus dem Kopf des Zeus stieg Pallas Athene, auch Zeus hat ohne Zutun des anderen Geschlechts ein Kind hervorgebracht. In voller Rüstung, stand sie da, prächtig, gescheit, humorlos: Pallas Athene.

Hephaistos, der aus unerfindlichen Gründen ausgerechnet mit Aphrodite, der Göttin der Liebe, verheiratet worden war, hat wie gesagt Athene geliebt. Sie hingegen war sehr kühl zu ihm, seinen handwerklichen Rat hat sie zwar geschätzt, persönlich aber war sie nie geworden. Und Hephaistos hat darunter gelitten.

Eines Tages wollte sich Hermes einen Spaß machen und er sagte zu Hephaistos: »Weißt du denn nicht, daß Athene dich heimlich doch liebt? Sie will erobert werden, die will besiegt werden, du mußt sie stürmisch nehmen!«

Als dann Athene das nächste Mal zu Hephaistos kam, um sich etwas an ihrer Rüstung ausbessern zu lassen, hat er sich gedacht, so dann nehme ich sie jetzt stürmisch. Er ist über sie hergefallen. Aber Pallas Athene wollte das nicht. Sie hat ihn weggestoßen. Jedoch der Samen des Hephaistos hat bereits ihr Kleid befleckt, und das wollte sie nicht, und sie hat diesen Fleck vom Kleid weggerissen, und hat den Fetzen auf die Erde geschleudert. Und dieses Stück Baumwolle hat sich mit der Erde vermengt, und daraus ist dieser Vorfahr des Daidalos, nämlich Erichthonios, geworden. Nun versteht man, warum ich »Vater« und »Mutter« zwischen dicke Anführungszeichen setzen wollte.

Erichthonios heißt: aus Wolle und Erde gemacht. Er war halb Schlange und halb Mensch, und er erbte die Gaben des Hephaistos und der Pallas Athene. Und diese Gaben wurden über die Geschlechter weitergegeben und reiften schließlich in der Person des Daidalos zur vollen Blüte heran. Die Alten sagten: In Daidalos ist Hephaistos wiedergeboren, aus Daidalos spricht Pallas Athene.

Nun, nach der großen Enttäuschung bei der Bildhauerei hat sich Daidalos auf die Lehrtätigkeit zurückgezogen, hat junge Menschen in Architektur und Ingenieurkunst unterrichtet und sie vor der Darstellung des Menschen gewarnt.

Der Begabteste unter allen seinen Schülern war sein Neffe Perdix, der Sohn seiner Schwester Polykaste. Ovid sagt, Perdix sei erst zwei mal sechs Jahre alt gewesen, da habe er die Säge erfunden. Mit zwölf! Er hat auch den Zirkel erfunden. Mit dreizehn! Das hat Daidalos auf der einen Seite stolz gemacht, jeder gute Lehrer ist stolz, wenn sein Schüler besser ist als er. Aber auf der anderen Seite hat das den Daidalos auch verrückt gemacht. Es steht nirgends, daß er ein guter Lehrer war.

Daidalos war neidisch und zornig, und er wollte seinen Neffen bloßstellen und hat ihm dauernd schwere Fragen gestellt, und Perdix hat die Antworten gewußt, und Daidalos hat ihm noch schwerere Fragen gestellt, und durch diese Fragenstellerei wurde Perdix nur noch klüger.

Und das hat dann dem Daidalos Wolken ins Herz gejagt, und eines Tages am frühen Morgen standen sie oben auf der Akropolis, und Daidalos hat gefragt, und Perdix hat gewußt, und da hat der Lehrer dem Schüler einen Stoß gegeben, und Perdix ist vom Felsen gestürzt. Im selben Augenblick aber hat Pallas Athene die Seele des Daidalos verlassen. Sie hat den Perdix aufgefangen und hat ihn in ein Rebhuhn verwandelt.

Damals existierten bereits Recht und Gesetz, und das durfte man nicht: seinen Neffen von einem Felsen stoßen. Daidalos sollte also vor Gericht gestellt werden. Er ist geflohen. Er ist mit einem Schiff nach Kreta geflohen.

Dort schlich er sich heimlich vom Schiff und versteckte sich am Ufer. Das Gewissen quälte ihn, denn er hatte Perdix ja auch geliebt. Er wollte nicht unter Menschen gehen. Und wie er so am Strand entlangschleicht, da sieht er eine Frau, die wie er am Strand entlangschleicht und wie er laut mit sich selbst redet.

Er hat die Frau angesprochen, und sie sind zusammen ein Stück gegangen, und am nächste Tag haben sie sich wieder getroffen, und mit der Zeit ist eine Freundschaft daraus geworden, sie haben sich gegenseitig ihre Sorgen erzählt. Die Frau hieß Pasiphaë. Sie sei, sagte sie, die Königin von Kreta, die Frau von Minos.

Daidalos hat Pasiphaë sein Leid geklagt. Er hat ihr erzählt, was er verbrochen hat, hat sein Herz ausgeschüttet und hat sich so innerlich gereinigt.

»Und du«, sagte er, »warum bist du unglücklich? Was quält dich?«

Oh, Pasiphaë hatte ein bizarres Problem! Ich muß wieder ein wenig ausholen:

Ihr Gemahl, Minos, war ein hoffärtiger Mann, ein sehr eingebildeter König. Er war ja ein Sohn des Zeus, niemandem mußte er Tribut zahlen. Er hat nur seinem Vater Geschenke dargebracht, er hat zu ihm gebetet und hat ihm geopfert. Vor Menschen hatte er keinen Respekt und vor den anderen Göttern auch nicht. Hat nur zu Zeus gebetet.

Das hat eines Tages den Poseidon, den etwas dummen Bruder des Zeus, geärgert. Poseidon ist ein recht behäbiger Gott, so behäbig wie die langen Wellen, die er im Meer um sich aufwirft.

Poseidon war also eifersüchtig, und er hat dem Minos mitteilen lassen: »Hör zu, du lebst auf einer Insel. Es wäre für dich doch recht günstig, auch mir, dem Gott des Meeres, ab und zu ein Opfer darzubringen. Nicht immer nur Zeus.«

Minos sagte: »Gut, wenn es sein muß. Mach Vorschläge! Was soll ich dir opfern?«

»Einen ganz besonders schönen Stier hätte ich zum Beispiel gern«, sagte Poseidon. »Zum Beispiel einen weißen Stier, falls so einer in Kreta aus dem Wasser steigen sollte.«

Poseidon hat das selbst eingefädelt, armer Gott. Er hat einen wunderschönen, weißen Stier geschickt, der bei Kreta aus dem Meer gestiegen ist. Ein Stier mit diamantenen Hörnern.

Minos sah diesen Stier, und er gefiel ihm so gut, daß er nicht daran dachte, ihn dem Poseidon zu opfern. Er wollte ihn selbst behalten. Ich werde dem Poseidon einen alten, unbrauchbaren Stier opfern, dachte er. Er hat also den Poseidon betrogen.

Poseidon ist ein zorniger Gott, ein rachsüchtiger Gott, er hat sich auf eine sehr grausame Art und Weise an König Minos gerächt. Er hat in das Herz der Pasiphaë, der Königin, eine Leidenschaft für diesen weißen Stier befohlen. Und von dieser Stunde an hatte Pasiphaë keine Ruhe mehr, voll sehnsüchtiger Leidenschaft war sie, sie liebte ein Tier, wollte sich mit ihm geschlechtlich vereinigen.

Das war ihr Problem. Dem Daidalos gestand sie es als erstem.

Sie sagte zu ihm: »Wenn du mir hilfst, daß ich mir diese Leidenschaft einmal, ein einziges Mal erfülle, dann werde ich dafür sorgen, daß du am Hof des Minos eine große wissenschaftliche Karriere machst. Du wirst der berühmteste Architekt der Welt werden!«

Da hat sich Daidalos überreden lassen. Hat an seine Karriere gedacht, an seinen Ruhm und sicher auch an das Geld.

Pasiphaë führte ihn bei Hof ein, und Minos erkannte wohl, welches Genie hier angeschwemmt worden war, und er schanzte dem Daidalos große Aufträge zu. Paläste hat er entworfen und ihren Bau beaufsichtigt. Und an das Versprechen, das er Pasiphaë gegeben hat, hat er bald nicht mehr gedacht.

Aber Pasiphaë hat ihn daran erinnert: »Du hast es mir versprochen!«

Da hat sich Daidalos an die künstlerische Leidenschaft seiner Jugend erinnert, als er Menschen gemacht hat, so naturalistisch, daß sie niemandem aufgefallen sind. Er hat eine Kuh gebaut, hypernaturalistisch. An ihrem Bauch war eine Luke, durch die Pasiphaë in das Innere einsteigen konnte. Dort hat sie den Stier erwartet. Ihre Leidenschaft war gestillt und nun auch erloschen.

Aber sie war schwanger von dem weißen Stier. Sie brachte den Minotauros zur Welt. Der Minotauros ist ein Wesen, das den Körper eines Mannes hat und den Kopf eines Stieres.

Und nun hat Poseidon noch einmal dem Minos etwas ausrichten lassen: »Komm du ja nicht auf die Idee, dem Minotauros etwas zu tun! Und komm ja nicht auf die Idee, so etwas geschehen zu lassen! Paß gut auf ihn auf! Denn sollte ihm etwas geschehen, dann werde ich dich mit meinen Element, dem Wasser, vernichten!«

Minos hatte ein Problem, das lautete: Wie kann ich den Minotauros unterbringen, daß er keinen Schaden anrichtet, selbst aber geschützt ist? Und er hat das Problem mit seinen Haus- und Hofarchitekten besprochen, nämlich mit Daidalos.

Daidalos schlug vor, ein Labyrinth zu bauen, in dessen Mitte, wie die Spinne im Netz, der Minotauros sitzen soll.

»Es soll so sein«, sagte Daidalos, »daß einer zwar leicht hineinfindet, aber nicht mehr heraus.«

Daidalos wurde reich beschenkt – von Minos und von Pasiphaë –, er wurde ein berühmter Mann und heiratete eine Sklavin. Er hat auch einen Sohn bekommen, Ikaros, und der lebte sehr zufrieden und glücklich mit seiner Familie auf Kreta.

Der einzige Schattenstreif über seinem Glück: Er sehnte sich nach seinem Athen zurück, und es war besonders bitter für ihn, als ein Krieg zwischen Kreta und Athen ausbrach. Die Ursache dafür war, daß ein Athener einen Sohn des Minos getötet hatte.

Minos wollte Rache und fuhr mit einem Heer nach Athen und belagerte die Stadt. Aber die war nicht einnehmbar, denn die Mauern der Stadt hatte vor Jahren ein gewisser Daidalos gebaut. Da hat sich dann Minos in seinem Zorn vor den Altar des Zeus geworfen und hat seinen Vater angefleht, er solle ein Zeichen setzen, es gehe doch nicht an, daß ein Sohn des Zeus seinen Willen nicht bekomme.

Zeus schickt die Pest über Athen, und Minos ließ verlautbaren, die Pest werde nicht verschwinden, solange die Athener nicht nach seinen Bedingungen über ihre Stadt verhandeln.

Die Athener haben sich dem Minos gebeugt. Minos diktierte der Stadt Athen, sie müsse alle neun Jahre zwölf Jungfrauen und zwölf Jungmänner nach Kreta senden, wo sie dem Minotauros geopfert würden.

Und so geschah es.

Eines Tages aber kam wieder so ein Opferschiff aus Athen, und unter den jungen Männern war ein gewisser Theseus, der war der Sohn des Königs Aigeus, und er hatte sich freiwillig gemeldet. Er hatte gesagt, er wolle mitziehen.

»Ich werde das Übel an der Wurzel packen«, sagte er. »Ich werde den Minotauros töten!«

Sie landeten auf Kreta, und Theseus traf die Tochter des Minos, Ariadne, und Ariadne verliebte sich in ihn, und er verliebte sich in sie.

Ariadne sagte: »Du wirst nicht lebend herauskommen aus dem Labyrinth. Geh nicht hinein! Laß die anderen allein hineingehen, und wir beide fliehen!«

Aber Theseus sagte: »Das kann ich nicht, ich kann das nicht tun, sie vertrauen mir, ich werde ihr König werden.«

Ariadne sagte: »Gut, es gibt nur einen, der eine Lösung unseres Problems finden kann, nämlich der, der immer die Lösungen findet, unser Ingenieur, unser Architekt, Daidalos.«

Sie weihten Daidalos ein, und sie sagten ihm, sie würden ihn und seinen Sohn Ikaros nach Athen mitnehmen.

Daidalos sagte: »Es gibt nur eine Möglichkeit, wie er aus dem Labyrinth herauszukommt: Nimm einen Faden, binde ihn außen an den Pfosten, und dann wickle ihn ab. Wenn du den Minotauros getötet hast, folge dem Faden zurück!«

Noch heute spricht man vom Ariadne-Faden, man müßte vom Daidalos-Faden sprechen. Das ist das Los der Ingenieure, daß immer die anderen die Lorbeeren aufgesetzt bekommen.

Theseus tat, wie ihm Daidalos geraten hatte, er fand den Minotauros schlafend vor und enthauptete ihn.

Aber dann, als alle befreit waren, haben sie auf den Daidalos vergessen. Sie haben sich nicht mehr um ihn gekümmert, Ariadne und Theseus und die anderen Athener. Sie sind geflohen und haben Daidalos und seinen Sohn Ikaros zurückgelassen auf der Insel.

Nun war Daidalos arg in der Klemme, denn alles kam auf. Es wurde bekannt, sowohl daß er diese hölzerne Kuh gebaut hatte als auch daß er die Idee mit dem Wollknäuel gehabt hatte.

Da sagte Minos zu ihm. »Dann weißt du sicher auch, wo das Gefängnis sein wird für dich und für deinen Sohn. Nämlich in dem Labyrinth, das du gebaut hast. Ich weiß nicht, ob du den Weg in die Freiheit kennst, aber es spielt keine Rolle. Es ist ganz einfach: Ich stelle eine Wache auf, wenn du aus dem Labyrinth kommen solltest, wirst du eben erschlagen.«

Da mußte Daidalos zum ersten Mal sein Genie nicht im Dienste eines anderen einsetzen, sondern in eigener Sache.

Er machte in dem Labyrinth folgende Beobachtung: Nachdem dort schon so viele junge Männer und junge Frauen geopfert worden waren und die Körper der Toten herumlagen, waren auch viele Geier gekommen, und die haben sich um die Kadaver gerissen und haben dabei ihre Federn verloren. Und Kerzen gab es. Man hat die Opfer nämlich in der Nacht in das Labyrinth geschickt. Also: Wachs gab es und Federn.

Da hat sich Daidalos die Zeit genommen, so eine Feder genau zu studieren. Und er hat das Prinzip des Flügels begriffen. Und er hat für sich und seinen Sohn Flügel gebaut, aus Wachs und Federn.

Zu Ikaros sagte er: »Flieg nicht zu hoch, denn dann ist die Sonnenstrahlung zu stark, und das Wachs schmilzt, und du wirst abstürzen. Flieg aber auch nicht zu niedrig, dann streifst du die Wellen des Meeres, dann werden deine Flügel zu schwer, und deine Kraft kann sie nicht mehr heben, und du stürzt ab. Halte die Mittellage!«

Sie haben das Labyrinth verlassen, fliegend, fliegend, und Daidalos hat seinen Sohn Ikaros sehr geliebt, obwohl er gesehen hat, der ist bei weitem nicht so talentiert, wie sein Neffe Perdix es war. Er hat ihn dennoch geliebt und hat immer ein Auge auf ihn gehabt.

Aber dann war Ikaros von einer großen Laune ergriffen worden, er wollte hinauf, hinauf. Er ist der Sonne zu nahe gekommen, das Wachs ist geschmolzen, und er ist ins Meer gestürzt. Als er fiel, heißt es, habe Daidalos ein Rebhuhn lachen hören. Das war Perdix.

Daidalos brach das Herz, er landete auf Sardinien. Da gab es einen König, Kokalos hieß er, und der hat ihn gerne bei sich aufgenommen. Er war nicht so reich, wie Minos, er besaß nur ein kleines Reich. Er hatte einen verspielten Charakter, hatte eine große Familie, spielte gern mit seinen Töchtern.

Für die Töchter des Kokalos hat Daidalos wieder seine naturalistischen Figuren gebaut. Er hat sich gedacht: Ich muß etwas Harmloses tun, ich darf nichts Ingenieurhaftes mehr tun, das hat mir nur Unglück gebracht.

Minos aber wollte Daidalos wieder haben, Rache war ihm wurscht, an so einem Genie rächt man sich nicht, dachte er, das macht man sich zunutze, das saugt man aus.

Und was hat Minos unternommen, um Daidalos wiederzubekommen? Er hat eine Ausschreibung gemacht. Er hat eine Tritonsmuschel genommen und hat in der ganzen Welt bekannt werden lassen, wem es gelinge, durch die Windungen der Muschel einen Faden zu ziehen, der bekomme die Hälfte der Schätze Kretas.

Er ahnte nicht, er wußte, daß es nur einen gibt, der in der Lage war, dies zu tun. Minos wußte: Auf Daidalos' Ehrgeiz ist Verlaß.

Und so war es. Daidalos hatte gleich eine Idee, wie man den Faden durch die Muschel ziehen könnte: Er hat die Spitze der Muschel abgezwickt, so daß eine winzige Öffnung war. Dann hat er einen Seidenfaden genommen und hat diesen Seidenfaden um dem Hinterleib einer Ameise gebunden. Vorne um die große Öffnung der Muschel hat er etwas Honig gestrichen, und hat dann die Ameise in das kleine Loch der Muschel hineingeschickt. Die Ameise roch den Honig, suchte und fand ihn, und Daidalos hatte die Aufgabe des Minos gelöst.

Da wußte Minos, wo sein Mann war. Er fuhr mit einem kleinen Heer nach Sardinien und befahl Kokalos, Daidalos herauszugeben.

Der wollte ihn auch gar nicht halten, er hat Angst gehabt vor Minos und hat gesagt: »Ich gebe ihn natürlich her!«

Und er hat Minos in sein Haus eingeladen, als einen Freund. Aber die Töchter des Kokalos wollten Daidalos nicht hergeben, denn er hat ihnen das wunderbarste Spielzeug gebaut, und die Kinder verbündeten sich mit Daidalos. Als Minos ein Bad nahm, verlegten die Kinder gemeinsam mit Daidalos die Rohre des heißen Wassers um ein kleines Stück.

Das brühende Wasser hat dem Minos den Tod gebracht. So hatte es ihm der Gott des Meeres, Poseidon, vorausgesagt: Wenn dem Minotauros etwas passiert, werde er den Minos mit Wasser vernichten.

Was ist aus Daidalos geworden? Das weiß niemand. Man weiß nicht, wie er umgekommen ist. Manche behaupten, er sei dann nach Ägypten gezogen, auch dort habe er sich architektonisch irgendwie verewigt, bis heute könne man sich das anschauen.

Auf Bergen, in Büchern, an Stränden und in Hainen, in Hörsälen und an Kinderbettchen, vor Architekten und vor Ingenieuren wird diese Geschichte immer wieder erzählt – so oder so ähnlich.

Rotz-Risto

Märchen sind nicht schön, es ist die Häßlichkeit in ihnen erfunden worden. Märchen riechen nicht gut, es ist der Gestank in ihnen erfunden worden. Erfunden worden ist der Gestank in diesem Märchen. Bis dahin hat es nämlich nur schlechten Geruch gegeben.

Im finnischen Mückenland lebte der junge Risto, der faule, über den gesagt wurde, er hätte die Faulheit erfunden, was nicht stimmte, die gab es schon vor ihm. Risto saß am liebsten am Wegrand und schaute zu. Für den Faulen gibt es immer etwas zu sehen. Da kam ein Mann auf einem Fuhrwerk, der sah allen Menschen ähnlich, als wäre er aller Menschen Vater, und der sagte zu Risto: »Ist etwas?«

»Nichts«, sagte Risto, und leicht hätte er sagen können: »Nein, mein Herr, es ist nichts«, aber das wär zu viel Arbeit gewesen für sein Mundwerk.

»Willst du Arbeit?« fragte der Allerweltsmann.

»Nur ganz leichte«, sagte Risto.

»Dann sitz auf«, sagte der Mann.

Ab gings zum Hof des Mannes, und schon saß Risto in einem großen Steinsaal an einer großen Steintafel.

»Was jetzt?« fragte Risto, der zwar ein Fauler, aber doch ein Lieber war, auf alle Fälle ein Schöner.

»Jetzt«, sagte der Mann, »kommt die Arbeit.«

Er legte ein Silberstück neben Ristos Hand auf den Steintisch. »Nimmt den Taler und schlag ihn auf den Tisch! Tu das!«

Risto tat es, und da waren es zwei Silbertaler. Und er tat es noch einmal, da waren es drei.

»Geht das so weiter?« fragte Risto.

»Das geht so weiter«, sagte der Mann.

»Und das ist meine Arbeit?«

»Das ist deine Arbeit.«

»Und sonst?«

»Sonst darfst du nicht aufstehen, du darfst dir die Nase nicht putzen, der Rotz läuft dir heraus, und du darfst nichts dagegen tun, und du mußt dein Wasser lassen, wo du sitzt, und darfst es nicht aufwischen, und auch die große Notdurft mußt du unter dir lassen und darfst nicht putzen und nicht kehren, und wirst gefüttert werden und darfst dich nicht waschen, und das alles dauert drei Jahre.«

Das hat Risto verstanden, es war ja nicht schwer zu verstehen. Aber zu machen war es schwer. Mach das einmal!

So saß Risto, ließ den Rotz rinnen und schlug einen Taler nach dem anderen auf den Steintisch, und als beinahe drei Jahre um waren, war der Steinsaal voll mit Silbertalern und Dreck, und mitten drin saß Risto, schwarz war er von Dreck und die Fliegen saßen auf seinem Gesicht, und nur noch selten nahm er einen Taler und schlug ihn auf den Tisch, denn es bestand Gefahr, daß er in Talern und Dreck ersticken könnte, der Risto. Und er schlug den Taler nicht mehr aus Gier auf den Tisch, sondern nur noch, um die Zeit hinter sich zu bringen, denn er meinte, die Zeit vergehe ein wenig schneller, wenn sie mit Talerschlagen in Stücke gehauen wird.

In der Nachbarschaft lebte ein Mann, der hatte keine Frau mehr, aber drei Töchter, die hießen die Erste, die Zweite, die Dritte. Die Erste war die Älteste und so weiter. Der Mann war verschuldet und sagte zu der Ersten: »Ich weiß, in dem Nachbarshof drüben lebt ein Mann, der hat viel Geld. Geh und frag ihn, ob er leiht.«

Die Erste ging, und als sie den steinernen Saal betrat, schlug ihr ein Gestank entgegen, den hatte es bis dahin noch nicht gegeben, denn bis dahin hatte es nur schlechten Geruch gegeben. Sie atmete durch den Mund und sagte: »Krieg ich Geld?«

»Ja«, sagte Risto, »so viel, wie du willst. Aber du mußt mir einen Kuß geben.«

Das konnte sie nicht. »Wer so stinkt«, sagte sie, »der kann sterben, und niemand weint.«

Zu Hause sagte sie: »Ich habe nicht gekonnt.«

»Du Dumme«, sagte die Zweite, »der Vater verliert alles! Ich gehe.«

Sie ging, und es war nicht anders. »Wer so stinkt«, sagte auch sie, »der kann sterben, und niemand weint.«

Und die Dritte, die Jüngste, rief aus: »Wenn er wirklich so stinkt! Wenn er wirklich so aussieht! Muß ich? Muß ich denn?«

Und es hieß: »Ja, du mußt!«

Die Jüngste nahm Wasser und Seife mit und gutriechendes Öl. Und sie betrat den elenden Stinksaal, in dem Risto, eingesunken in einen Dreck- und Silberberg saß, und sie sagte: »Ich will leihen.«

»Und ich will einen Kuß«, sagte Risto. Und er bekam ihn. Die Jüngste vergaß sogar, sich den Mund draußen zu waschen mit Seife und Wasser und gutriechendem Öl. Sie schleppte Taler, so viel sie konnte, und der Vater war gerettet.

Dann waren die drei Jahre um, der Mann, der wie aller Menschen Vater aussah und in Wahrheit der Teufel war, kam und sagte. »Habe ich denn deine Seele nicht?«

»Nein«, sagte Risto, »die nicht.«

»Dann will ich dich waschen«, sagte der Teufel. – Drei Stunden für die Haut, drei Stunden für die Haare, drei Stunden für die Zähne. Und der Teufel stattete ihn mit feinsten Kleidern aus und sagte: »Geh hinüber und bitte um die Hand von der Jüngsten.«

Aufgemacht hat ihm die Erste, die wollte ihn gleich haben. »Du stinkst«, sagte Risto. »Wer so stinkt, der kann sterben, und niemand weint.«

In die Stube begleitet hat ihn die Zweite. Zu ihr sagte Risto jedes Wort genau so.

Die Dritte aber, die er die Jüngste nannte, die nahm er in den Arm, und Hochzeit war.

Der Teufel hat auch etwas gekriegt. »Ich hoffte auf eine Seele«, sagte er, »Und habe dann zwei gekriegt. Aber weil ich vor dir Respekt habe, Risto, lasse ich nicht zu, daß sie sich in deinem Haus erhängen.«

So suchte sich der Teufel ein anderes Haus aus, und dort haben sich die Erste und die Zweite vor Wut aufgehängt, weil nicht sie den schönen, lieben Risto gekriegt haben, den Erfinder des Gestanks.

So oder so ähnlich ist diese Geschichte in Finnland erzählt worden.

Der Dieb

Kennst du die Geschichte von Tschawo? Nein? Dann hör zu!

Also: Tschawo war ein armer Mann, alles ist ihm genommen worden. Das heißt, er hat sich selbst alles genommen – trinken, spielen ... Das ganze Leben hat er sich selbst gestohlen. Und am Ende ist ihm die Frau davon. Das war so:

Er sagt zu ihr: »He, hol Tabak!«

Sie sagt: »Gib Geld!«

Er sagt: »Mit Geld Tabak holen kann jeder.«

Gut, sie kommt nach zwei Stunden wieder, haut die Hand auf den Tisch und sagt: »Hier, rauch!«

Er sagt: »Wo ist Tabak?«

Sie sagt: »Mit Tabak rauchen kann jeder.«

Und dann läßt sie ihn allein, Tschawo ...

Nein, du, bleib da! Die Geschichte ist noch nicht zu Ende.

Also: Tschawo denkt nach. Dann geht er in die Stadt. Er will zum Bürgermeister. Da ist aber ein Sekretär. Der möchte wissen, wer er ist.

»Also gut«, sagt Tschawo. »Hör zu! Ich bin Tschawo. Jawohl.«

»Ist schon recht«, sagt der Sekretär. »Aber jetzt schreib mir deinen Namen hierher!« In die Liste soll Tschawo seinen Namen schreiben. »Dann weiß ich, wann du drankommst«, sagt der Sekretär.

Aber das kann Tschawo nicht. Er kann nicht schreiben, und lesen kann er auch nicht. Und er sagt: »Hör zu, Sekretär, ich habe einen merkwürdigen Namen, muß du wissen. Der schreibt sich ganz anders als er sich liest. Das ist, wie wenn einer Petrus heißt und sich wie Paulus schreibt, verstehst du. Das hat gar keinen Sinn, wenn ich jetzt hierher meinen Namen schreibe.«

Das sieht der Sekretär ein und er läßt ihn zum Bürgermeister.

Zum Bürgermeister sagt Tschawo: »Ich bin der beste Dieb der Welt. Ich schätze, so einen wie mich kannst du brauchen.«

»Mhm«, sagt der Bürgermeister. »Dann beweise es mir!«

»Wie?«

»Klau mir den Pfarrer?«

Tschawo sagt: »Gib du mir Spesen!«

Gut. Der Bürgermeister gibt Tschawo Geld. Und davon kauft sich Tschawo zwanzig lebendige Krebse und zwanzig Kerzen. Und dann geht er in der Nacht in die Kirche, und er klebt die Kerzen auf die Krebse und zündet die Kerzen an. Und dann hängt er sich mit den Armen ans Glockenseil, und die Glocken läuten. Und der Pfarrer kommt gelaufen. Und er eilt in die Kirche. Er will wissen, was da los ist.

Da sieht der Pfarrer Lichter, die sich am Boden bewegen. Er sieht ja die Krebse nicht, die unter den Kerzen sind. Und der Pfarrer meint, die Lichter sind die Seelen beim Jüngsten Gericht. Also denkt der Pfarrer, die Welt ist untergegangen.

Tschawo aber steht hinter dem Altar und ruft mit tiefer Stimme: »Knie nieder, Sünder! Schließ die Augen, Sünder. Rutsch auf den Knien, Sünder!«

Und das tut der Pfarrer. Er will ja in den Himmel, der Pfarrer. Er kniet nieder, schließt die Augen und rutscht auf den Knien – und rutscht dem Tschawo direkt in einen Kartoffelsack hinein.

Tschawo verschnürt den Sack und bringt ihn zum Bürgermeister.

»Hier«, sagt er, »Pfarrer geklaut!«

He, warte! Die Geschichte geht noch weiter!

Der Bürgermeister sagt: »Das war gut. Daran gibt es nichts zu rütteln. Aber wenn du wirklich der beste Dieb der Welt bist, dann mußt du mehr können, als einen dummen Pfarrer aus seiner Kirche zu klauen.«

»Und was muß ich noch können?« fragt Tschawo.

»Ja«, sagt der Bürgermeister, »du sollst in der Nacht meiner Frau das Nachthemd vom Leib stehlen und ihren Ehering vom Finger.«

»Was ist, wenn es mir gelingt?« fragt Tschawo.

»Machen wir es so«, sagte der Bürgermeister, »wenn es dir gelingt, werde ich zurücktreten und du bist Bürgermeister. Und obendrein bekommst du meine schöne Frau.«

Und Tschawo fragt: »Und was ist, wenn es mir nicht gelingt?«

Da sagt der Bürgermeister: »Dann hau ich dir den Kopf ab, ganz einfach.«

Was macht Tschawo? Er geht auf den Friedhof, gräbt einen Toten aus. Einen frischen Toten. Und den schleppt er in der Nacht zum Haus des Bürgermeisters. Stellt ihn unter das Schlafzimmerfenster. Hebt ihn hoch. Und das sieht von innen so aus, als ob einer durchs Schlafzimmerfenster hereinsteigen wollte. Das ist dieser Tschawo, der Idiot, denkt der Bürgermeister, der neben seiner schönen Frau im Bett liegt.

Und der Bürgermeister sagt zu seiner Frau: »Siehst du das? Warte einen Moment. Ich muß das erst in Ordnung bringen.«

Da hebt Tschawo den Toten noch weiter hoch, und der Kopf des Toten neigt sich nun ins Schlafzimmer des Bürgermeisters.

Da nimmt der Bürgermeister das Beil, das er sich zurechtgelegt hat, und haut dem Toten den Kopf ab.

Und sagt zu seiner Frau: »Paß auf, ich geh schnell raus und räum draußen die Sauerei weg, nicht daß die Nachbarn auf Ideen kommen.«

Und als der Bürgermeister das Schlafzimmer verlassen hat,

kommt Tschawo zur Tür herein, macht kein Licht, tut so als ob er der Bürgermeister wäre, sagt zu der Frau: »Ach, weißt du was, das mach ich doch erst später. Hab erst Lust auf dich. Zieh dein Nachthemd aus!«

Die Frau des Bürgermeisters tut das, und Tschawo schläft mit ihr. Und bei dieser Gelegenheit zieht er ihr auch den Ehering vom Finger.

Und dann sagt er: »So, jetzt will ich doch hinausgehen und draußen aufräumen.«

Und grad als er draußen ist, kommt der Bürgermeister herein, in derselben Sekunde, und er sagt: »So, ich habe draußen aufgeräumt. Jetzt habe ich Lust auf dich, zieh doch dein Nachthemd aus.«

Und die Frau sagt: »Bist du verrückt, du hast doch gerade dasselbe gesagt und dasselbe getan!«

Da kommt Tschawo zur Tür herein, macht Licht, weist Nachthemd und Ring vor. Da wird er Bürgermeister, kriegt die Frau.

He, bleib da! Jetzt folgt der Schluß. Eine Geschichte ist erst fertig, wenn der Tod kommt.

Tschawo war ein guter Bürgermeister. Ein bißchen korrupt, das schon, ja. Aber sonst ein guter Bürgermeister. Und am Ende will der Tod ihn holen.

Und er steht vor Tschawo, der Tod, und er sagt: »Du bist dran, Tschawo.«

Und Tschawo sagt: »He, nein, he, das ist ein Versehen, das glaube ich dir nicht.«

Der Tod sagt: »Daran gibt es nichts zu rütteln. Du stehst hier auf meiner Liste.«

Und Tschawo sagt: »Ach so! Dann! Ja, das kann ich erklären, das ist nämlich so: Mein Name, der schreibt sich ganz anders, als er sich ausspricht. Das ist, wie wenn einer Petrus heißt und sich Paulus schreibt. Es ist eine Verwechslung. Laß mich die Liste sehen, Tod!«

Der Tod gibt ihm die Liste.

Da reißt Tschawo die Seite aus dem Auftragsbuch des Todes und verschluckt sie. – Ja eben, und weil er nicht gestorben ist, lebt er ewig, Tschawo …

Jetzt ist die Geschichte fertig. Herumziehende Dorfmusikanten haben sie erzählt – so oder so ähnlich.

Das Herz des Riesen

Hans Christian Andersen, der für unsere augenblickliche Tätigkeit zuständige, große Däne, soll einmal gefragt worden sein, warum in Märchen so oft vier Brüder vorkommen und drei Mutproben. Da sei der zarte Mann unsicher geworden, habe die Lippen geleckt und seine Schulter habe gezuckt.

»Ja, meine Güte«, soll er gestammelt haben, »das weiß ich doch nicht.«

Und einer, der den Meister kannte und ihn nicht leiden konnte, stupste den Frager in die Seite und flüsterte ihm zu: »Frag ihn doch, warum er immer ein Seil mit sich im Koffer herumträgt, wenn er auf Reisen ist!«

Der Frager aber war ein Verehrer von dem Andersen, und darum ließ er ihn in Ruhe.

Jedenfalls waren einmal vier Brüder, die wurden von ihrem Vater geliebt, Mutter hatten sie keine mehr. Irgendwann waren die drei Älteren in den Jahren, wo man eine Frau haben will, und sie sagten zu ihrem Vater: »Hör zu, wir machen uns auf den Weg und suchen Frauen, für jeden von uns dreien eine. Ist das recht?«

»Es ist nicht recht«, sagte der gelbblonde Vater, ein kleiner König, klein im Sinn von Nicht-viel-Land-haben. »Aber was soll ich machen! Nur der Jüngste, der soll bei mir bleiben, den will ich zum Hätscheln und zum Reden am Abend vor dem Haus, wenn die Sonne untergeht und die Vögel singen und das Pflanzenzeug riecht, daß es einem die Haare im Nacken aufstellt und man Sehnsucht bekommt nach der Zeit, als die eigene Frau noch da war und manchmal mit dem Kleid ein Ringareih gedreht hat, so daß man ein Stück von den Waden sehen konnte und man sich auf die Nacht gefreut hat im warmen Bett …«

»Sist gut, Vater«, sagten die drei, »wir gehen dann!«

»Bringt mir auch eine Frau mit«, rief der Jüngste, der – und das ist ein heiterer Zufall! – Christian hieß wie der Andersen.

»Ja«, sagte der Vater, »bringt ihm eine Frau mit. Ohne eine solche laßt euch nicht blicken, sonst werde ich in den Garten gehen und einem Baum den stärksten Ast absägen, ihn schälen und …«

»Sist gut«, riefen die drei und waren davon.

Drei Jahre lang redete der Vater auf den Jüngsten ein, dann sagte der Jüngste: »Ich halte dein Gerede einfach nicht mehr aus, die Brüder haben es nicht ausgehalten, die Mutter hat es nicht ausgehalten, niemand hält es aus! Ich gehe und suche die Brüder und suche mir eine Frau, dann kannst du allein reden!«

Weg war er.

So. Der Vater interessiert uns zwar, aber von dem weiß ich nichts, niemand weiß von ihm etwas. Ich habe die dänischen Bücher durchforscht – rein gar nichts.

Gut. Der Jüngste also. Der zog hinaus. Da traf er einen lahmen Vogel, plattflügelig lag der da. »Durscht hab ich«, sagte er. »Durscht! Gib mir deine Flasch! Wenn das tust, dann helf ich dir auch irgendwann.«

»Du mir helfen! Meine Güte«, sagte der Jüngste, »alle reden vom Helfen, tun, tut es keiner. Aber bitte. Da sauf!«

Und gab dem halbverreckten Vogel die Flasche. Weg war der Vogel.

Dann lag da ein Karpfen neben dem Wasser. »Hau mich zruck, hau mich zruck!« rief der Karpfen. »Wenn das tust, dann helf ich dir auch irgendwann.«

»Du mir helfen! Meine Güte«, sagte der Jüngste, »alle reden vom Helfen, tun, tut es keiner. Aber bitte. Da schwimm!«

Er warf den halbverdorrten Fisch ins Wasser. Weg war er.

Dann klebte ein Stück Fell auf der Straße, das war ein Wolf, ein ausgezuzelter, halbhin. »Will dein Pferd fressen«, sagte er, »Hunger, Hunger, Hunger.«

»Ist eh schon wurscht«, sagte der Jüngste. Der Wolf fraß das Pferd, wurde gewaltig, ließ den Jüngsten, den Christian, auf dem Buckel reiten und brachte ihn zum Schloß des Riesen, der die Brüder plus deren Frauen in Steinklötze verzaubert hatte, die den Weg begrenzten.

»Hol das Herz von dem Riesen«, sagte der gewaltige Wolf, »drück es, dann pumpst du Leben in die Brüder und die Schwägerinnen.«

Der Jüngste stürmte in die Burg, der Riese war aushäusig, aber seine Nichte war da, klein, zierlich, schön, richtig für den Jüngsten. »Willst mich«, fragte er. – »Jawohl«, sagte sie. »Aber mußt mich rausholen. Mußt dazu den Onkel besiegen. Er hat kein Herz im Leib. Das ist sein Vorteil.«

»Wo denn, wenn nicht im Leib«, fragte der Jüngste.

»Weiß nicht«, sagte die Christiane.

»Frag ihn«, sagte der Christian.

Am Abend, als der Riese kam, sagte die Christiane: »Onkelchen, wo könnt dein Herz nur sein?«

»Unter der Türschwelle liegt es begraben«, sagte der Riese.

Am nächsten Tag, als der Riese auf dem Feld war, gruben Christian und Christiane unter der Schwelle. Aber nichts.

»Ist nicht dort«, sagte die Nichte zum Onkel am Abend.

»Liegt im Kasten«, sagte der Reise.

Christian und Christiane suchten im Kasten. Wieder nichts.

Am nächsten Abend der Riese: »Es gibt eine Kirche, dort ist ein Brunnen, dort schwimmt eine Ente, die hat ein Ei im Bauch, in dem Ei ist mein Herz.«

Zur Kirche trug sie der Wolf, über die Mauer hob sie der Vogel, die Ente jagte der Karpfen. »Drück das Ei zusammen«, sagte Christiane zu Christian. Der tat es, und der Riese schrie auf und die Steinbrocken am Weg zu seinem

Schloß sprangen auf und herauskamen die drei älteren Brüder und deren Frauen, alle schön, alle fröhlich.

Nun gings – nein, nicht heim. Sie zogen alle zusammen in ein Hotel. Und weil der junge Christian noch nie in einem Hotel gewesen war und weil er Angst hatte, daß nachts ein Brand ausbricht und er nicht mehr davon kann aus dem Fenster, darum versteckte er in seinem Koffer ein Seil.

Aus Dänemark ist diese Geschichte überliefert – so oder so ähnlich.

Rosenkranz und Radio

Als ich das Radio für mich entdeckte, kam das einer Rettung in höchster Not gleich. Ich litt an einem gefährlichen Mangel an Einsamkeit, der bisweilen hysterische Züge annahm. Ich war zehn Jahre alt und seit drei Monaten nicht eine Minute wirklich allein gewesen. Ich war im Internat.

Mein Eigentum paßte in einen Koffer – etwas Unterwäsche, ein Sonntagsanzug, ein paar frische Hemden, Socken und mein königsblauer Samtpullover, den ich von meiner Tante aus Coburg zu meinem Geburtstag geschenkt bekommen hatte und dem ein wenig das Flair des Städtischen anhaftete, das mütterlicherseits in unsere Familie eingebracht wurde. Mein Vater hatte mich im Internat abgeliefert, das einfach nur das Heim genannt wurde, wohl deshalb, damit es nicht mit dem vornehmen, teuren Jesuiteninstitut in derselben Stadt verwechselt werden konnte. Mein Vater sagte: »Warte hier«, dann ging er zu den drei Kapuzinern, die, aus bärtigen Gesichtern lächelnd, beim Eingang standen und redete mit ihnen. Zeigte auf mich. Lachte kumpanenhaft. Gab ihnen ein Kuvert. Dann boxte er mich in den Oberarm und fuhr ab. Und ich dachte: Zum ersten Mal in meinem Leben bin ich verlassen und allein.

Welch ein Irrtum! Wir waren zu hundert. – Schwer war die Umstellung von dem umhätschelten Liebling der Mutter und Grußmutter, dem Einzigartigen, zu einem alphabetisch einordenbaren Ding. Meine Freunde rekrutierten sich von nun an aus Trägern von Familiennamen aus dem Umfeld des Buchstabens K. Wir aßen, schliefen, studierten, marschierten und beteten in alphabetischer Ordnung. Das Problem war, daß ich, der ich mich bis dahin als einen Einzigartigen gesehen hatte, als einen nicht Kompatiblen, von nun an keine Minute mehr allein war.

Weil ich mich nicht mehr als mein Eigentum erfuhr, behandelte ich mein Eigentum wie einen Teil von mir selbst. Eines Tages im Oktober vergaß ich meinen königsblauen Samtpullover auf dem Fußballplatz, erst in der Nacht, als ich längst schon im Bett lag – in einem Schlafsaal gemeinsam mit fünfzig anderen Schülern –, fiel es mir ein. Ein Kummer erfaßte mich, der so ungewöhnlich schwer war, daß ich mich selbst darüber wunderte, daß mir sogar mitten in diesem Kummer klar war, daß mein Schmerz in gar keinem Verhältnis zu dem Ereignis stand. Mir wurde bewußt, daß ich irgendwie verrückt geworden war. Ich fürchtete, mein Pullover könnte sterben. Ich sah dieses königsblaue Eigentum, wie es neben der Weitsprunganlage im Sand lag. Über ihm der Himmel, die Welt grauenhaft offen, über das Weltall wußte ich damals Bescheid. Andererseits – so sagte mein Verstand: Wer würde schon so einem Pullover etwas antun wollen! Ohne jeden Zweifel würde er morgen an derselben Stelle liegen, vielleicht etwas feucht vom Tau, aber immer noch mein Eigentum, von niemandem begehrt, von keinem verflucht. Das Heim in der Nacht zu verlassen war streng verboten und bestraft wurde brutal und ohne Verhandlung. Dennoch schlich ich mich hinaus, um mein Eigentum zu bergen. Ich drückte das schmutzige, feuchte Ding an mein Herz, und den Rest der Nacht schlief ich mit dem Pullover unter meinem Kopf.

Der Mangel an Einsamkeit drohte mich zu veridioten. Ich hatte bald keine eigenen Gedanken mehr, keine Phantasien, keine eigenen Interessen, keine Vorlieben, nicht einmal eigene Laster. Wenn es sich durch einen Zufall ergab, daß ich zum Beispiel allein auf der Personalstiege saß, die durch den hinteren Teil des Heims führte, dann befiel mich eine altbackene, erwachsene Nostalgie: Ja, ja, sagte ich mir dann, so war das früher.

Und dann eines Tages wurde ich krank. Ich hatte über achtunddreißig Grad Fieber, und das hieß, ich wurde ins Krankenzimmer gebracht. Das Krankenzimmer lag abseits allen Geschehens, es war ein kleiner, heller, ruhiger Raum mit Blick auf Laub und Himmel. Hier war ich allein. Es duftete nach frischer Wäsche, es roch wie zu Hause, wenn meine Großmutter bügelte. Weil meine Krankheit als ansteckend galt, durften mich meine Mitschüler nicht besuchen. Ich bekam das Essen ins Zimmer gestellt, nicht dasselbe Essen wie die Schüler, nein, Tellerchen und Becherchen vom Essen der Kapuziner waren es. Einmal am Tag kam ein Pater, der beugte sich über mich, drückte mit dem Griff eines Löffels meine Zunge nach unten, maß meine Temperatur und sagte: »Eine Woche wird es sicher dauern.«

Im Krankenzimmer gab es außer dem Mobiliar nur zwei Gegenstände, nämlich einen Rosenkranz aus großen Holzperlen und ein Radio.

Ich hörte Radio. Ich hörte das erste Hörspiel meines Lebens. Ich war vorher weder im Theater gewesen noch im Kino. Einmal hatte ich eine Kindervorstellung eines Puppentheaters erlebt, Kasper, Krokodil, Großmutter und so. Ich hatte die ganze Sache verachtet. Und nun hörte ich Radio. Es wurde das Hörspiel »Dickie Dick Dickens« gesendet, ein Kriminalstück in Fortsetzungen, jeden Tag eine Folge.

Wenn ich sage, damals erlebte ich zum ersten Mal eine erfundene Geschichte, so ist das objektiv natürlich nicht richtig, subjektiv gesehen aber trifft es zu. Wir waren eine erzählsüchtige Familie. Mein Vater redete ununterbrochen, immer hatte er Spannendes, Neues, Interessantes auf Lager. Von den Tagesereignissen berichtete er, aus der Geschichte, aus der Mythologie – mir war das ein und dasselbe. Meine Mutter und meine Großmutter kämpften mit permanentem Erzählen von Wie-es-früher-draußen-in-Coburg-war gegen ihr Heimweh; meine Großmutter verwob in diese Erzählungen obendrein ihren riesigen Märchen- und Sagenschatz, und sie tat das so geschickt, so übergangslos, so ohne zu unterscheiden, daß ich getrost davon ausgehen durfte, Hänsel und Gretel seien Nachbarskinder jenes Fräulein Montag in der Malmedystraße in Coburg gewesen, bei der meine Großmutter in den frühen zwanziger Jahren die Wäsche gewaschen und gebügelt hatte.

Ich war der Zuhörer.

Nichts von all dem, was zu Hause erzählt worden war, keine dieser vielen, bunten, wirren, phantastischen, eigentlich nie lehrreichen Geschichten war mir je erfunden vorgekommen, nicht real, nicht in der mich umgebenden Wirklichkeit von Tisch und Stuhl und Hose und Hemd geschehen. Meine Schwester las, sie war eine der besten Kundinnen der Leihbibliothek, verschlungen hat sie die Bücher. Sie wußte zwischen Fiktion und Wirklichkeit sehr sauber zu unterscheiden. Ich habe nicht gelesen. Warum auch, mir wurde ja erzählt.

Ich nahm alles für bare Münze. Ja hieß ja. Nein hieß nein. Grau war nichts weiter als eine Mischung von Schwarz und Weiß. Es gab für mich nur die Realität. Erfindung war für mich gleichbedeutend mit Lüge. Fiktionen kannte ich nicht. Ich war nur an handfesten Wahrheiten interessiert – Schrauben, Drähte, Karl der Große, Weltall, Geißen in Uhrenkästen, Wolfsbäuche voller Wackersteine, Fahrradklingeln, Zement, Kaiser Augustus, der Heilige Antonius in der Wüste und so weiter...

Die Geschichten von Dickie Dick Dickens aber, das wußte ich, daran zweifelte ich nicht einen Augenblick, die waren erfunden. Hier wurde aus einer erfundenen Welt erzählt. Auch die Atmosphäre des Krankenzimmers kam mir unrealistisch vor, aber doch war der Raum Realität genug, daß er einen Kontrast bildete zu dem, was da aus dem Radio kam.

Dieser Kontrast störte mich. Zu der künstlichen Geschichte wollte ich mir eine künstliche Umgebung schaffen. Ich nahm den Radioapparat unter die Zudecke. Ich zog die Pappröhren aus den Klopapierrollen, steckte drei ineinander und legte so einen Schnorchel in meine Unterwelt, damit ich genug Luft bekam. Das Tageslicht schimmerte durch die Zudecke, ich konnte die Bettfedern als Schattenmuster sehen, es war warm, ich hatte ein wenig Fieber, ich hörte »Dickie Dick Dickens«.

Ein eigenartiger Gedanke kam mir damals. Ich wußte, hier wird aus einer erfundenen Welt erzählt. Ich fragte mich: Was ist das für eine Welt? Wo existiert sie. Und die entscheidende Überlegung: Wenn hier aus einer erfundenen Welt erzählt wird, dann beherbergt diese Welt wohl auch Geschichten, die noch gar nicht erzählt wurden. Das heißt – und hier wird es sophisticated –, daß heißt, die Erfindung betrifft die Welt, nur die Welt; wenn diese Welt aber erst einmal erfunden ist, dann braucht man sie nur noch nach Geschichten abzusuchen.

Eine kuriose, eine phantastische, aber eine für einen Schriftsteller, einen Geschichtenerzähler, durchaus brauchbare Überlegung: Man muß lediglich so tun, als ob diese Welt existiert, alles andere ergibt sich von selbst. In dem Einsilberwortpaar *als ob* lag also das Geheimnis. Und in meiner Welt unter der Zudecke dachte ich: Ja, du hast das Geheimnis gefunden.

Die Welt von Dickie Dick Dickens war das Gangstermilieu von Chicago. Darunter ließ sich viel verstehen. Wenn eine Folge zu Ende war, schaltete ich den Radioapparat ab, blieb aber unter der Zudecke, saugte Luft aus meinem Pappschnorchel und suchte und fand eine andere, eine neue Geschichte aus dieser Welt. Ich bildete mir nicht ein, ich hätte diese Geschichte *erfunden*.

Nun sind aber eine Geschichte erzählt zu bekommen und eine Geschichte zu erzählen zwei verschiedene Dinge, und die Sache wird bald unhandlich und langweilig, auch für den Erzähler, wenn es an Dramaturgie mangelt. Was aber ist Dramaturgie? Wie kann man Dramaturgie erlernen? Und damit komme ich auf den zweiten Gegenstand in dem Krankenzimmer des Internats zu sprechen: auf den Rosenkranz.

Wenn ich nicht Radio hörte oder Geschichten fand, vertrieb ich mir die Zeit mit Rosenkranzbeten. Ich habe immer gern den Rosenkranz gebetet, es erinnerte mich an die Abende, wenn meine Großmutter zu Hause erzählte. Sie sprach beim Erzählen mit leiser, schleppender, nur wenig betonender Stimme. Ähnlich kamen einem die Worte beim Beten aus dem Mund.

Nachdem ich nun die Welt der Fiktionen als eine Welt des dramatisierten *Als Ob* entdeckt hatte, sah ich den Rosenkranz unter einem ganz neuen Blickwinkel. Was wenn die Geschichte, die in diesem Gebet erzählt wird, genauso erfunden ist wie die Geschichte von Dickie Dick Dickens?

Der Rosenkranz ist die beziehungsreich umschmückte Biographie eines Gottes. Und die Erzählung hat eine erstaunliche Dramaturgie. In einem großen Psalter, der den Freudenreichen, den Schmerzensreichen und den Glorreichen Rosenkranz umfaßt, sind die Forderungen aller abendländischer Poetiken von Aristoteles über Gustav Freytag bis zum Filmtheoretiker Syd Fields erfüllt. Im Großen Psalter sind drei Dramen verwoben, jedes dieser Stücke umfaßt, wie es sich für ein klassisches Drama gehört, fünf Akte, es sind dies die sogenannten Geheimnisse. Motive kehren über alle drei Teile wieder, zum Beispiel der Heilige Geist, von dem die Jungfrau im Freudenreichen ihren Sohn empfangen hat, und den Jesus uns im Glorreichen vom Himmel herab sendet; oder das Motiv der Krönung, das die Dornenkrone ebenso einschließt wie die himmlische Krönung der Jungfrau.

Der Rosenkranz ist streng dramatisch gebaut. Betrachten wir die Abfolge der Glorreichen Geheimnisse. Die Sache beginnt mit einem Paukenschlag: Der von den Toten auferstanden ist. Die Hörfunkfolgen von Dickie Dick Dickens begannen ebenfalls immer mit einem Paukenschlag, der zwar inhaltlich meist vom Gegenteil berichtete, einem Mord zum Beispiel, aber die Botschaft war ähnlich: Herhören, etwas Außergewöhnliches ist geschehen. Die Himmelfahrt Christi, von der im zweiten Geheimnis berichtet wird, entspricht sogar in der Richtung der Bewegung dem, was in der Technik des Dramas von Gustav Freytag die steigende Handlung genannt wird. Welche Folge – übertragen auf Dickie Dick Dickens – hat der Mord am Anfang? Die Gangstersyndikate formieren sich. Im dritten, dem zentralen Akt folgen Höhepunkt und Peripetie knapp aufeinander. Der Held setzt eine Tat, deren Folgen nicht mehr aufzuhalten, nicht mehr umzukehren sind. Dickie Dick Dickens, der Detektiv, spielt die Bosse gegeneinander aus. Jesus Christus sendet uns den Heiligen Geist. Es folgen die sogenannte fallende Handlung und der Augenblick der letzten Spannung.

Rosenkranz und Radio verdankte ich, daß ich die Einsamkeit zurückgewann, in der allein wir tun können, als ob wir einsam wären, was wiederum die Grundvoraussetzung dafür ist, daß wir der wirklichen Einsamkeit, dem Verlust des Eigenen nämlich, entgehen.

Der Zinsmacher

Merlicoquet war der mit Abstand Ärmste. Unter ihm stand nur noch das Vieh, aber auch nur das Vieh der Ärmsten. Manche Laus hatte es besser als er. Von Haus war da keine Spur, von Kleidung gerade ein Sack mit den nötigen Löchern und dazu noch eine Menge unnötiger.

Und weil der Bürgermeister ein Guter war, sagte er: »Dem Merlicoquet soll das Stück Boden gehören, das am Rand des Dorfes liegt und das nicht größer ist als seine zwei Hinterbacken.«

Und auf diesem Stück Boden ließ der Liebe Gott zwei Ähren wachsen. Die pflückte Merlicoquet ab und trug sie zum Bäcker.

»Bitte, Bäcker«, sagte Merlicoquet, »würdest du mir diese zwei Ähren in den Ofen legen?«

Und Merlicoquet freute sich auf sein eigenes Brot und ging pfeifend durch das Dorf. Am Abend kehrte er beim Bäcker ein: »Meine zwei Ähren, bitteschön!«

»Deine Ähren? Jessas! Die hat die Henne gefressen!«

»Oh!« Da weinte Merlicoquet aber. »Das war alles, was ich hatte! Gebt mir meine Ähren!«

»Ich kann dir die Henne geben«, sagte der Bäcker. Und die gab er dem Armen.

Und mit der Henne unter dem Arm ging Merlicoquet zum Bauern, sagte: »Hätte da eine Henne, dürfte ich die bei dir in den Hof tun zum Picken?«

»Darfst du«, sagte der Bauer.

Drei Tage später kam Merlicoquet und sagte: »So, dann, da wär ich wieder« – Merlicoquet hat sich gern im Konjunktiv ausgedrückt – »hätt nur gern meine Henne wieder.«

»Henne?« hieß es. »Jessas! Der Gaul hat das Stück zertreten! Tschuldigung!«

»Was, was, was«, jammerte Merlicoquet, »was nützt mir das Tschuldigung!«

Und weil es wahrhaftig keine Ehre ist, dem Ärmsten das Einzige zu nehmen, sagte der Bauer: »Man könnte höchstens einen Tausch machen. Tote Henne gegen lebendigen Gaul?«

So gings. – Immerhin: Merlicoquet war nun nicht mehr der Ärmste. Da gab es massenhaft welche, die hatten keinen Gaul!

So ist Merlicoquet auf seinem Gaul durch das Dorf geritten, und genau das ist ihm mit der Zeit elend auf die Nerven gegangen. Er ist hintersinnig geworden, deprimiert also.

»Komm«, hat da der Lehrer gesagt. »Komm, Merlicoquet, du brauchst einmal was anderes. Gib mir dein Pferd, ich nehms in Gewahrsam, und du machst Urlaub vom Gaul! Gute Idee?«

»Gute Idee!« schlug Merlicoquet ein.

Das hieß: Merlicoquet hat seine Tage im Prinzip nicht unähnlich hinter sich gebracht. Er ist ganz genauso durch das Dorf gekurvt, nur zu Fuß. Und das macht er drei Tage, vier Tage, fünf Tage, eine Woche. Die Überlegung des Lehrers geht auf: Merlicoquet hat Urlaub von seinem Gaul gemacht und dadurch Sehnsucht nach ihm bekommen.

Aber Jammer! »Dein Gaul!« druckste der Lehrer herum. »Was uns da passiert ist! Der Jean-Jacques! Unser Kleinster! Bringt er doch den Gaul zum See, um ihm Wasser zu geben. Rutscht der Gaul doch aus. Säuft der doch glatt ab!«

Nicht zu beruhigen war Merlicoquet! Ist etwa das eine gute Tat, wenn ein gutverdienender Lehrer dem Ärmsten genau das wegnimmt, was ihn nicht mehr zum Allerärmsten gemacht hätte? Antwort: Es ist natürlich alles andere als eine gute Tat.

»Wie kann ich es gutmachen?«

»Du gibst mir den Jean-Jacques«, sagt Merlicoquet.

Der Lehrer, der immer gelehrt hat, daß eines fürs andere stehen muß, der tut das. Er gibt seinen Sohn her.

Und Merlicoquet und Jean-Jacques verstehen sich gut, sie verlassen das Dorf, ziehen in die Welt hinaus. Und sie trinken gern, beide.

So kommen sie in die Stadt Paris. Kaum sind sie drinnen, sitzt der Jean-Jacques schon einem Soldatenwerber gegenüber, und der Bursch in seinem Rausch unterschreibt. Jetzt ist er Soldat in der Armee. Und er soll ausgebildet werden an der Kanone.

Was macht Merlicoquet in der Zeit? Hat er nicht gemerkt, daß sein Ein-und-Alles nicht mehr an seiner Seite ist? Er hat es schon gemerkt, aber zu spät. Denn Jean-Jacques hat im denkbar ungünstigsten Augenblick in das Kanonenrohr geschaut, und da wars aus mit ihm.

»Mein Ein-und-Alles!« jammerte Merlicoquet dem General vor. »Jetzt bin ich wieder der Ärmste! Ich werds dem König melden!«

Und der General wußte sich keinen anderen Rat als: »Was soll ich sagen? Ich kann höchstens folgendes Angebot unterbreiten: Ihr nehmt dafür die Armee. Wenn das Euch recht ist.«

»Ja, gut, meinetwegen!«

Jetzt hat Merlicoquet also eine Armee. Was macht man mit so einer? Das ist leicht! Da kam ein Krieg, und der König hätte dringend eine Armee gebraucht, und er hat den Merlicoquet gefragt: »Willst du mir deine Armee borgen?«

»Wenn es sein muß«, sagte Merlicoquet.

Es mußte sein. Und der Krieg wurde größer, als man vorher sagen hätte können. Am Ende war die ganze Welt in den Krieg verwickelt, viele Tote gab es. Von der Armee unseres Merlicoquet blieb nicht ein Mann übrig.

Und dann war der Krieg zu Ende, und die Welt traf sich zu Friedensverhandlungen.

Merlicoquets Frage an die Welt lautete: »Wo ist meine Armee?«

»Die Welt hat sie dir genommen«, antwortete die Welt. »Was willst du dafür?«

»Schau«, sagte Merlicoquet zur Welt, »ich hatte zuerst zwei Ähren, die hat eine Henne gefressen, dafür habe ich die Henne gekriegt. Die Henne hat ein Gaul zertreten, dafür habe ich den Gaul gekriegt. Den Gaul hat der Jean-Jacques ersaufen lassen. Also habe ich dafür den Jean-Jacques gekriegt. Den hat mir die Armee kaputtgemacht, so wurde ich Besitzer der Armee. Die nun hast du mir genommen. Also was will ich?«

Also was wollte Merlicoquet?

In Frankreich hat man diese Geschichte erzählt – so oder so ähnlich.

Königsschach

Robin Loggie, einer der Manager von Bob Dylan, wollte dem Rockstar zu dessen fünfundvierzigstem Geburtstag eine Schachpartie mit Weltmeister Bobby Fischer vermitteln.

Loggie hielt die Idee geheim, selbst vor seiner Frau und deren Sohn. Denn erstens war es nicht sicher, ob er Erfolg haben würde, zweitens war in Dylans unmittelbarer Umgebung eine Art Wettbewerb ausgebrochen, der um so kopfloser wurde, je näher der 24. Mai rückte: Wem gelingt es, dem Chef etwas zu schenken, das ihn einigermaßen in Erstaunen versetzt? Der aufbrausenden Entscheidungswut Dylans wäre es zuzutrauen gewesen – so Loggie –, daß er als Dank die Hierarchie seines Managements neu ordnete.

Robin Loggie beauftragte eine Detektei in Santa Monica, den Schachgroßmeister aufzuspüren und sich mit ihm in Verbindung zu setzen, verschwieg aber, worum es sich handelte. Mr. Bob Dylan wolle Mr. Bobby Fischer sprechen, das war alles. Der Erfolg war prompt. Es stellte sich nämlich heraus, daß Fischer Dylan ebenso bewunderte wie Dylan Fischer. Die Detektei organisierte ein Treffen in Albuquerque, und Loggie, der es gut verstand, Menschen in die Augen zu sehen, trug Fischer sein Anliegen in aller Offenheit vor. Fischer soll sehr aufgeregt gewesen sein, heißt es.

Am 23. Mai 1986 holte Robin Loggie Bobby Fischer mit einer Limousine am Flughafen von Los Angeles ab, und sie fuhren nach Malibu, wo sie in Loggies Haus in der Colony bis knapp vor Mitternacht warteten. Fischer hatte ein Geschenk mitgebracht, ein altes Schachspiel, nicht sein erstes, aber sein zweites oder drittes. Die Figuren waren so abgegriffen, daß sich Schwarz und Weiß kaum mehr voneinander unterschieden. Loggie gab Fischer einige Instruktionen, und schließlich fuhren sie hinaus zu Dylans Haus, passierten die Wachen und betraten über den Strand die Veranda.

Dylan sei allein gewesen. Er sei auch nicht betrunken gewesen. Loggie sagt, er sei auf der Veranda gesessen und habe mit sich selbst Schach gespielt.

Dylan erkannte Bobby Fischer sofort. Die Wirkung war überwältigend. Auf beiden Seiten. Es seien sich diese zwei Großen gegenübergestanden wie kleine Fans – Dylan in einem schmutzigen T-Shirt und grün-rot-gerauteten Shorts, Fischer in dunklem Anzug, weißem Hemd und Krawatte – und wenn nicht er, Loggie, eingegriffen hätte, hätte es geschehen können, daß gar nichts geredet worden wäre.

Loggie nahm den beiden sehr vorsichtig mit viel Fingerspitzengefühl die Schüchternheit, er habe Drinks gemixt, die beide abgelehnt, Witze gerissen, über die sie nicht gelacht hätten. Schließlich habe er Bobby Fischer an das Geschenk, nämlich dieses alte Schachspiel, erinnert.

Das erste Spiel – noch auf Dylans Brett übrigens – sei nichts weiter gewesen als ein Nachstellen der Weltmeisterpartie Fischer gegen Spasskij 1972. Dylan kannte die Partie auswendig, und Fischer erinnerte sich auch noch recht gut. Dylan fragte, ob es unbescheiden wäre, wenn er seine Interpretationen dazu abgäbe, und Fischer hörte aufmerksam zu.

Er gehe davon aus, sagte Dylan, so jedenfalls offenbare sich ihm diese Partie, daß Fischer schon nach den ersten vier Zügen das Ende geahnt, wenn nicht sogar schon vorausberechnet habe. Die Partie ähnle in ihrem Aufbau einem Spielfilm aus den dreißiger Jahren – eine überlange, flach ansteigende Exposition, die plötzlich zum Höhepunkt aufschnellt, nämlich dort, wo Spasskij seinen Springer zu opfern glaubt, in Wahrheit jedoch sowohl den Springer verliert, als auch in der Folge den Turm blockiert, und das Ganze ohne Fischers Königsbauern zur Deckung der Dame zu zwingen, wie Spasskij vermutlich geplant hatte. Von da an, so Dylan, nehme die Partie einen auch für den Laien voraussehbaren Verlauf, der zwar kürzer, aber ähnlich flach abfalle, wie die Exposition aufgestiegen sei. Zum Schluß ein einfaches Matt ohne Schnörkel.

Bobby Fischer gab ihm völlig recht.

Dylan war begeistert und fragte, ob ihn Fischer zur Gitarre singen hören wolle.

Loggie, der die beiden die ganze Zeit schweigend betrachtet hatte, bat Dylan um den Vorzug, die Gitarre aussuchen zu dürfen. Er entschied sich für die Gibson L-5 Baujahr 1941, eines der markantesten Stücke der Sammlung.

Dylan spielte ein altes Lied und ein neues – *To Ramona* und *Dark Eyes*. Fischer habe zugehört, die Beine weit von sich gestreckt, die Hände über dem Gürtel gefaltet. Da sei alles noch wunderbar gewesen.

Aber dann forderte Bobby Fischer Bob Dylan zu einer Partie auf und zwar auf eben jenem alten Brett mit den abgegriffenen Figuren. Dylan habe Weiß gezogen und die Partie begonnen. Er habe schnell und nachlässig gespielt, es sei ja nur eine Formsache gewesen, so sah es auch Loggie, eine Ehrensache, nichts Ernsthaftes, und es sei auch nicht zu erwarten gewesen, daß mehr als eine Partie gespielt werden würde.

Fischer allerdings habe sich auf jeden Zug konzentriert, es sei zwar keine Zeit ausgemacht worden, aber er habe bei jedem Zug mehrere Minuten verstreichen lassen, und Loggie dachte noch, es sei zwar anständig von dem Großmeister, daß er seinen Gegner nicht gleich vom Brett putze, aber es kam ihm doch irgendwie kindisch vor, mit wieviel Anstrengung er die Anständigkeit vorführte.

Um es kurz zu machen: Dylan gewann die Partie. Gefreut habe er sich darüber nicht. Gewundert habe er sich. Beide hätten sich gewundert. Und Loggie wunderte sich auch. Die Stimmung sei nicht mehr so besonders gewesen.

»Das ist ein Geburtstagsgeschenk wie eine Kaugummiblase«, sagte Dylan, »solange man sie für Vollgummi hält, durchaus imponierend.«

Fischer versicherte, er habe ihn nicht absichtlich gewinnen lassen, im Gegenteil, er habe Dylan sogar bis zu den letzten vier Zügen zu jener Partie gezwungen, die Bogoljubow und Reti 1925 in Baden-Baden gespielt hätten. Einen Gegner zu einem bestimmten Spiel zu zwingen, sei bei weitem schwieriger, als ein Spiel zu gewinnen. Erst beim viertletzten Zug sei Dylan ausgebrochen, und er, Fischer, habe vermutet, Dylan wolle ein Erstickungsmatt anstreben in der Art von Budrich – Gumprich 1950, und er habe sich rundum darauf eingestellt und dann …

»Ich bin ein Naiver«, sagte Dylan. Mehr nicht.

Loggie stellte erneut die Figuren auf und drehte das Brett um.

Dylan gewann wieder. Er wurde zornig. Diesmal habe er sogar saumäßig gespielt, sagte er.

Fischer sagte gar nichts. Er schaute auch niemanden an. Dylan nicht, Loggie nicht. Nur das Schachbrett schaute er an.

»Vielleicht liegt es an den Figuren und an dem schlechten Licht«, sagte Loggie. Er habe es ja nur gut gemeint, reden, reden, locker sein, habe er sich gedacht. »Bei diesem schlechten Licht kann es doch passieren, daß sich der eine oder andere bei den Figuren vergreift und anstatt Schwarz Weiß zieht oder umgekehrt.«

»Was heißt hier der eine oder der andere«, fragte Dylan, ziemlich scharf, den Kopf gesenkt und die Augen blitzend, »und wer, bitte, ist hier der eine und wer der andere?«

Natürlich sei er, also Dylan, der eine und der, also Fischer, der andere, habe ihm Loggie eilig zugeflüstert.

Alle Lichter auf der Veranda wurden angezündet und eine dritte Partie aufgelegt. Dylan gewann abermals. Weiß im Gesicht und feucht sei Bobby Fischer dagesessen, die Hände zu Fäusten geballt. Dylan sei aufgesprungen, gleich nach seinem Mattzug, habe dem Korbsessel einen Tritt versetzt.

Fischer rührte sich nicht von der Stelle, zwischen den Fäusten das Schachbrett, so saß er da. In seinem schwarzen Anzug. Und still war es auf der Veranda, nur der Pazifik. Nur der Pazifik.

Dylan ging auf und ab und kaute an seinen Fingernägeln und schließlich lief er zum Strand hinunter und verschwand in der Dunkelheit.

»Sie müssen sich bei ihm entschuldigen«, sagte Loggie zu Fischer.

Fischer nickte kurz, erhob sich und ging Dylan nach.

Was dann unten am Strand geschah, wußte Loggie nicht. Er habe die beiden allein gelassen, das sei ja klar. Er habe gewartet bis gegen vier Uhr, dann habe er geseufzt und sei nach Hause gegangen.

Ein Besucher in unserer Küche hat mir diese Geschichte erzählt – so oder so ähnlich.

Auf nach Jerusalem!

In Venedig lebte einst ein Edelmann, der ließ nichts aus. In den Nächten war er immer der letzte, wenn es um das richtige Wort bei den Frauen ging, war er der erste. Geld rieselte ihm in die Hände und von dort in die Taschen, er wußte nicht, was er dagegen hätte tun können. Von Tag zu Tag stärkte sich sein Charakter. Seine Güte wuchs. Er gab den Armen. Das konnte er so vorzüglich, daß die Armen nichts daran auszusetzen hatten. In der Kirche bekam er den ersten Strahl des Weihwassers ab. Jeder in Venedig hätte sich ihn als einen König denken können. Man nannte ihn nur den schönen Gherardino. Denn unter all seinen Gaben beeindruckte nämlich seine Schönheit am stärksten.

Kaum kam ihm der Gedanke, schön wäre es zu heiraten, eine liebe, schöne, kluge, reiche Frau, versteht sich, da traf er eine solche, sie ging gerade an seiner Haustür vorbei. Alles paßte. Man heiratete. Man bekam ein Kind, Knabe, dann noch eines, Mädchen, beide schön, beide gesund, beide und so weiter. Venedig sang: Der schöne Gherardino hat bekommen, was zu erwarten war, nämlich vom Besten das Beste!

Der schöne Gherardino hatte einen Diener, der hieß Grillo, der steckte jeden Abend eine Hand in die Erde, was in Venedig nicht leicht ist, denn die Stadt ist, wie jeder weiß, über Wasser gebaut. Da hat sich Grillo einen Blumentopf mit Erde aus dem Umland in seine Kammer stellen lassen. Warum tat er so? Damit er nicht vom Boden abhebt. Denn das kann passieren, wenn man der Diener von so einem Herrn ist.

Eines Abends kam Grillo die Idee, daß der Teufel manchmal als Mann des Friedens komme, manchmal als Mann des Grauens und genauso manchmal als Mann des Glücks. Grillo sprach bei seinem Herrn, dem schönen Gherardino, vor und fragte: »Habt Ihr zur Zeit irgendeine Beschwerde? Magen, Kopfweh, Hohlkreuz, eingewachsener Zehennagel, ein verlorener Band aus einer Gesamtausgabe oder so?«

»Nein, nichts dergleichen«, sagte der schöne Gherardino.

»Und hat es in Eurem Leben auch nie etwas Ähnliches gegeben bisher?«

»Nicht daß ich wüßte.«

»Ich glaube«, sagte Grillo, »ich glaube, dann seid ihr vom Teufel besessen.«

Er sagte das ohne Betonung irgendeiner Art, und der schöne Gherardino kannte seinen Diener genug, und er wußte, es war blanke Sorge.

Er sagte: »Also will ich ihn mit einer Reise nach Jerusalem austreiben.«

Da jammerte die Frau. Da jammerten die Kinder. Da jammerte ganz Venedig. »Weg will er! Unser Glanz will uns verlassen! Ach!«

Und weil der schöne Gherardino beides wollte, nämlich nach Jerusalem pilgern und zugleich nicht aus Venedig fortgehen, dachte er folgendes: Bei einer Pilgerreise kommt es ja nicht auf das Ziel, sondern auf den Weg an. Und er verkündete: »Ich werde jeden Tag in meinem Palast fünf Stunden im Kreis gehen, bis ich so lange gegangen bin, wie der Weg nach Jerusalem lang ist. Und dann gehe ich auf dieselbe Weise wieder zurück.«

Grillo, sein Diener, mußte ihn nach Jerusalem begleiten. Er trug die Koffer. So marschierten die beiden durch den Palast, von einem Zimmer in das nächste und dann ins übernächste und so weiter, bis sie fünf Stunden gegangen waren. Der schöne Gherardino führte genau Buch. Auf einer Landkarte verzeichnete er, wo sie an den jeweiligen Abenden angekommen wären, wenn sie wirklich über Land gehen würden.

In Florenz blieben sie zwei Tage, in Rom drei Tage. Das hieß, an diesen Tagen gingen sie nicht durch den Palast, sondern taten florentinisch und römisch.

Am Anfang war alles wie immer, nur daß der schöne Gherardino anstatt auf den Sofas herumzuliegen an den Sofas vorbeimarschierte. Aber mit der Zeit begann sich sein Charakter zu verändern. Er wurde ernst. Erst wurde er nur ernst. Dann wurde er streng. Grillo durfte nicht mehr neben ihm gehen, er mußte hinter ihm durch die Zimmer gehen. Schließlich wurde er mürrisch.

Als sie in Sizilien angekommen waren, und Grillo den Vorschlag machte, man solle sich auf ein Handelsschiff begeben und mit ihm über das Mittelmeer fahren – was einen guten Monat Ruhe bedeutet hätte –, da wurde der schöne Gherardino offen zornig und befahl seinem Diener, er solle ein Boot besorgen, man werde rudern.

Von nun an war alles nur noch Mühe und Qual. Anstatt durch den Palast zu wandern, setzten sich Herr und Diener jeden Morgen in ein Boot, und Grillo ruderte hin und her über den kleinen Kanal vor dem Palast. Und vergaß an den Abenden seine Hand in die Erde zu stecken.

Gherardinos schöne, kluge Frau packte ihre Kinder und verließ ihren Mann. Die Bürger der Stadt schüttelten die Köpfe, und als Herr und Diener endlich nach Jahren in Jerusalem angekommen waren, war aus dem schönen Gherardino ein alter, bissiger, häßlicher, ganz und gar uninspirierter Mann geworden.

»Drei Tage Aufenthalt, dann gehts zurück!« befahl er.

Am zweiten Tag in Jerusalem sagte Grillo zu seinem Herrn: »Hört zu, ich will Euch eine gute Nachricht bringen! Mir ist der Gedanke gekommen, es muß doch herrlich sein, in Jerusalem zu sterben.«

»Na und?« sagte der häßliche Gherardino.

»Ich will hier bleiben«, sagte Grillo. »Hier in Jerusalem will ich meinen Lebensabend verbringen!«

»Was redest du da!« fuhr ihn Gherardino an. »Wir sind in

Venedig! Wir haben nur so getan, als ob wir nach Jerusalem fahren!«

Aber Grillo blieb dabei: Er wollte in Jerusalem sterben. Bei sich aber dachte er: Der Name des Teufels ist Als-ob. Er verließ den Palast seines Herrn, sagte: »Ich gehe hinaus in die Wüste.« Er zog in ein winziges Zimmerchen und steckte jeden Abend seine Hand in die Erde.

Der schöne, häßliche Gherardino aber trug selbst die Koffer von Jerusalem zurück nach Venedig.

In Italien, aber nicht nur dort, erzählt man diese Geschichte – so oder so ähnlich.

May You Never Be Alone Like Me

Der Chauffeur war erst siebzehn. Winzige Locken hatte er, die ließen sich nicht strecken. Harte Haare. Einen ganzen Kopf voll davon. Vorteil: Man kann sich bücken, und der Hut bleibt, wo er ist. Der kleine Chauffeur behielt beim Autofahren den Hut auf dem Kopf wie ein Profi oder ein Bauer oder ein Idiot.

Es war an Silvester 1952. Auf der Rückbank des Cadillac lag ein hagerer Mann, eingewickelt in eine grobe Decke. Nicht zu sehen im Rückspiegel war er. Nicht zu hören war er. Im Auto schlief er immer. Vorher nahm er Tabletten.

Der Chauffeur war ein stiller, in sich gekehrter Junge aus Minnesota. Er hatte nie vorher einen so großen Wagen gefahren. Ging aber ganz gut. Wenn er den Rückspiegel verdrehte und sein eigenes Gesicht darin anschaute, konnte er sich ausdenken, wie er in vierzig Jahren aussehen würde. Nämlich wie sein Onkel Balthasar, der seit sich einer erinnern konnte, versuchte, mit Kühlschränken zu handeln und ein Arschloch war, nicht weil ihm nichts auf der Welt gelang und alles danebengelang, und auch nicht, weil er sich nicht sauber halten konnte, wie es für einen Händler ja sicher günstig gewesen wäre, sondern weil er, was jeder wußte und zwar wirklich jeder bis auf den Entscheidenden, ein Verhältnis mit der Frau des Mannes unterhielt, der in der Stadt das Wasserwerk unter sich hatte, und es nur eine Frage der Zeit war, bis der dahinterkommen und dann verrückt würde und Dinge anstellte, die ihn selbst und seine fette Frau, die zugegeben schöne, und den Onkel und die ganze Stadt ruinieren konnten, wie die Mutter des Jungen, der an Silvester

1952 diesen Cadillac fuhr, immer wieder ins Maul ihres Kühlschrankes hineinpredigte, weswegen es ja auch ein Segen war, daß er den Job als Chauffeur gekriegt hatte und raus aus der Stadt war, wenigstens er. Wenigstens er.

Er war sich nicht sicher, wie wichtig der Mann hinter ihm auf der Rückbank tatsächlich war. Er wußte nur, daß er in manchen Staaten sehr berühmt war, eher im Süden, eher in Alabama, wo der Junge noch nie war. Aber ob er auch gut war? In seiner Arbeit gut? Ein Mann für die kleinen Leute? Warum sprach er nie ein Wort mit ihm. Seit einer Woche waren sie unterwegs. Der dünne Mann stieg aus, nahm seine Gitarre aus dem Kofferraum, und dann, eine oder zwei Stunden nach Mitternacht, legte er die Gitarre wieder in den Kofferraum zurück, stieg hinten ein, rollte sich auf die Bank, verkroch sich in die Decke. Immer war ihm kalt. Schlief, noch ehe der Zündschlüssel umgedreht worden war. Brandvoll mit Schlaftabletten und Schnaps. Und sie fuhren in die nächste Stadt. Mit dem Chauffeur redete der dünne Mann nicht.

Nun befanden sie sich auf dem Weg von Kentucky nach Ohio. Am 1. Januar 1953 sollte am Nachmittag ein Konzert in Cincinnati stattfinden, oben auf dem Mount Adams, am Abend dann an der Miami University in Oxford, ungefähr zwanzig Meilen von Cincinnati entfernt. Der Chauffeur hieß Billy oder Willy oder Freddy, wahrscheinlich doch eher Willy. Hat hinterher niemanden interessiert. Außer die Polizei, die hat seinen Namen natürlich notiert, aber dort hat man den Schreibblock, wo der Name draufstand, verlegt. Daß es so etwas gibt, daß ein Name bei einer Behörde verlegt wird! Das ist so, als wenn einer den Mann ersaufen läßt und zuschaut, wie die dunklen Socken allmählich nach unten sinken und hell werden wie das Wasser, das selbst auch eher dunkel ist, weil wahrscheinlich Nacht ist während dieser Fahrlässigkeit.

Der magere Mann in der Decke auf der Rückbank des Cadillac war Hank Williams. Er war tot. In dieser Silvesternacht 1952 war er tot. Und Willy wußte es nicht. Er fuhr ihn nach Ohio hinauf. Der Mann hinten auf der Sitzbank, den er im Rückspiegel nicht sah, war seit einer Woche sein Chef.

Williams war verletzt. Willy hatte keine Ahnung, woher die Verletzungen stammten. Eindeutig von Schlägen, stellte die Polizei fest.

Vor der Polizei sagte Willy aus: »Er hat mit mir nicht geredet.«

»Was nicht geredet?« wurde er gefragt. »Was heißt nicht geredet?«

»Er hat nicht geredet«, sagte Willy, »einfach nichts gesagt.«

»Das heißt«, wurde Willy vom Sheriff gefragt, »du hast seine Stimme nie gehört?«

»Seine Stimme nicht gehört? Wenn er gesungen hat, habe ich seine Stimme gehört. Hank Williams war ein Sänger, Mann!«

»Das wissen wir«, sagte der Sheriff. »Was glaubst du denn, wer wir hier sind?«

Ein Foto von Hank Williams und seiner Frau Audrey: Der Meister der Country-Music, der Shakespeare der kleinen Leute, wie er genannt wurde, steht vor einem Hauseingang, der von zwei weißen Holzsäulen flankiert ist. Die Arme hängen an seinem Körper herab. Die Knie sind leicht eingeknickt. Der Körper ist mondsichelhager und krumm wie eine aufgebogene Büroklammer. Er trägt eine helle Hose und ein weißes Hemd und auf dem Kopf seinen weißen Cowboyhut. Den Blick hat er abgewandt, als hätte er eben etwas sehr Ärgerliches gehört und wolle nicht, daß man die Reaktion darauf in seinem Gesicht sehe.

Im Vordergrund des Bildes befindet sich Audrey, sie ist wohl im Begriff zu gehen. Sie trägt einen schwarzen Rock, der ihr bis an die Knie reicht, und eine bunte Bluse mit kurzen Ärmeln. Ihr Haar fällt auf die Schultern, es ist in einem strengen Seitenscheitel geteilt. Sie hält die Hände vors Gesicht. Vielleicht will sie sich ja auch nur die Haare nach hinten streichen. Die Geste macht den Eindruck von blankem Entsetzen. Als wolle sie zu Hank sagen: »Jetzt ist alles aus. Alles ist zerstört. Nichts läßt sich mehr einrenken. Alles ist für uns verloren.« Die beiden blicken in verschiedene Richtungen. Sie hatten miteinander zu tun. Jetzt haben sie nichts mehr miteinander zu tun.

In Booklets wird diese Geschichte erzählt – so oder so ähnlich.

Herren über alles und nichts

Es waren einmal zwei Brüder. Der eine war fröhlich, seine Augen blinkten, schon um vier in der Früh war er munter, und Schlaf brauchte er kaum. Wenn er ein Schwemmholz in die Hand nahm und es drehte und daran herumkerbte und daran herumschliff und bohrte, da kamen zwei Lampen zum Vorschein oder ein Stuhl oder ein Ruder oder ein Fischbottich. Man nannte ihn den Glücklichen. Und dennoch: So ohne weiteres wollte keiner sein Freund und keine sein Schatz sein. Meine Güte, fragt mich doch nicht warum!

Der andere Bruder, der jüngere, neigte zur Müdigkeit, ein Langschläfer war er, und Melancholie lag über allem, was er tat. Seine Hände waren ebenfalls geschickt, waren dem Schönen vorteilhaft, und alles, was er bastelte, versetzte die Betrachter in stille Nachdenklichkeit. Und Tiere kraulen konnte er wie der Zweite hinter dem Lieben Gott. Mancher wollte sein Freund sein, ihm borgen freilich wollte keiner. Aber die Mädchen und die Frauen wollten seine Schätze sein. »Wie machst du das?« fragten die Freunde. Er sagte: »Ich mache gar nichts.« Die Frauen sagten: »Er ist der beste Liebhaber.« Die Männer fragten: »Was macht er denn so, so zum Beispiel?« – »Nichts«, sagten sie.

Fragen über Fragen!

Dann zog es einen von beiden in die Welt hinaus. Welchen? Ihr denkt den Glücklichen? Nein. Den Melancholischen zog es unter fremde Himmel, auf fremde Bünten, unter fremde Brücken. Der Vater sagte: »Mitgeben kann ich dir nichts. Schau selber dazu!« – »Kein Problem«, sagte der Melancholische.

War auch kein Problem. Reich wurde er nicht. Die Frauen haben ihn ausgehalten. »Du bist unser Tier«, sagte die Frauen zu ihm, »krümm dich in unserem Schoß zusammen, wir sorgen für dich.« – »Dann habe ich nichts dagegen ein Tier zu sein«, sagte er. Seine Augen waren immer halbgeschlossen, seine Arme sanken schwer herab und fielen zur Seite, wenn er lag, so daß seine Brust wehrlos war.

So vergingen Jahre. »Ich will nun wieder heim«, sagte der Melancholische zu den Frauen und machte sich auf den Weg.

Zu Hause war alles anders. Der Vater war gestorben. Der Bruder hatte das alte Haus abgerissen und einen Palast hingestellt, glücklich weiß, fröhlich blau. »Wie ging das«, fragte der Melancholische, nicht neidisch, nicht hinterfotzig, wollte sich lediglich informieren, etwas habe ich nicht mitgekriegt, dachte er. »Arbeit und Beziehungen«, sagte der Glückliche. »Und ein bißchen ein Erbe vom Vater.«

»Und ich?« fragte der Melancholische, nicht neidisch, nur informieren wollte er sich.

»Da«, sagte der Glückliche und warf seinem Bruder ein Kistchen zu, zigarrenkistchengroß. »Mehr nicht. Was drin ist, weiß ich nicht. Was kann es schon sein!«

Der Melancholische ging wieder. Was hielt ihn hier groß! Und draußen bei den Klippen, von wo aus sich der Portugiese damals bis zu den Kolonien hinüberträumen konnte, dort knackte er das Kistchen auf, und heraus trat in scharf gebügelten Hosen, Jacke rot mit goldenen Borten, Generalskappe, ein schwarzes Männchen, sagte: »Was wünschen mein Herr? Soll sein, was es will, selbst den bösesten Hunger mache ich still.«

»Hunger habe ich keinen«, sagte der Melancholische. »Ich möchte, daß wieder eine Frau zu mir sagt, ich sei ihr Tier und um die Frau herum will ich dann gleich auch noch einen Palast, fünfmal höher, fünfmal breiter als der meines Bruders.«

Zack, war alles da!

Kommt der Bruder, der Glückliche, nun bald der Neidische genannt, kommt eines Tages, weil er wieder gut sein wollte. Sieht den Palast und die Frau, die den Melancholischen krault. »Wie ging das?«

»Keine Arbeit, keine Beziehungen, nur ein Kästchen, zigarrenkästchengroß.«

Und genau das stiehlt der Neidische dem Melancholischen, der nun bald der Feldherr genannt wird.

Feldherr darum: Der Neidische nämlich flieht mit dem Kästchen zu seinem Palästchen, öffnet das Lädchen, herauskommt das Männchen: »Was wünschen mein Herr? Soll sein, was es will, selbst den bösesten Hunger mache ich still.«

»Die Königstochter und einen Palast so groß, daß daneben der Palast meines Bruders als Pförtnerhäuschen abgerissen wird, weil zu klein dafür.«

Zack da ist es!

Der Melancholische spricht daraufhin mit seinem Hund: »Hund, hörst du mich? Wenn ja, dann verbünde dich mit der Katze, auf daß sie sich mit den Mäusen verbündet, die sich mit den Fischen verbünden sollen, und dann alle hinter mir her!« Spricht der Feldherr!

Es kam zur Schlacht. Alles hauen sich die beiden Brüder um die Ohren, nichts ist ihnen mehr heilig. Sie schicken die Frauen vor, haben ihnen die Fingernägel geschliffen, damit sie sich niederkrallen. Hund fällt, tot, Katze fällt, tot, Mäuse, ein Massaker, Fische ein Feld des Schmerzes. Am Schluß reißen die beiden Brüder an dem Kistchen. Da bricht der Deckel ab.

Das Männchen steht da, das schwarze, macht seinen Diener, schwingt die Generalskappe: »Was wünschen meine Herren? Soll sein, was es will, selbst den bösesten Hunger mache ich still.«

»Hunger haben wir keinen«, sagen die Brüder. »Hätten wir wenigstens Hunger! Hätten wir wenigstens etwas!«

Da – zack! – hatten sie Hunger.

Und wie geht die Geschichte aus? Sie haben das Männchen ins Kistchen gesteckt und in den weiten Himmel geworfen, als ob das schwarze Männchen schuld gewesen wäre. Lange gabs keine Hunde, lange keine Katzen, keine Mäuse, keine Fische mehr in Portugal. Und Frauen haben die Brüder nie mehr welche bekommen. Aus Schwemmholz haben sie Brauchbares gemacht, beide, beide miteinander, so haben sie ihren Hunger gestillt.

In Portugal kann man diese Geschichte hören – so oder so ähnlich.

Bikila Abebe

Es war in Rom zur Olympiade
Neunzehnhundertsechzig, als
Äthiopiens Held Bikila Abebe
Mit Muschelkette um den Hals
Und unbeschreiblich großem Vorsprung
Den Marathon gewonnen hat.
        Barfuß lief er,
        Barfuß lief er,
        Barfuß durch die Heilige Stadt!

Man sagt, er soll gesungen haben
Mit hoher Stimme ein hohes Lied.
Das hat von Abraham gehandelt,
Der durch die harte Wüste zieht.
Auf hartem Asphalt hat Bikila Abebe
Gesungen, bis er gewonnen hat.
        Gesungen hat er,
        Gesungen hat er,
        Gesungen in der Heiligen Stadt!

Und bei Kilometer fünfunddreißig
Da lag ein Fahrradsattel am Rand,
Den hat Bikila Abebe gar nicht
Als Stück von einem Fahrrad erkannt.
Er hat noch nie ein Fahrrad gesehen.
Ist barfuß draufgetreten und hat
    Ihn vorwärtsgeschupft,
    Ihn vorwärtsgeschupft
    Ihn vorwärtsgeschupft durch die Heilige Stadt!

Dann ist er ins Stadion eingelaufen
Mit Muschelkette am Hals und Schweiß
Am schwarzen Körper, singend und schupfend,
Die Füße hart wie die Wüste und heiß,
Erreichte das Ziel mit erhobenen Armen,
Wo ihn die Menschheit empfangen hat
    Als Weltrekordler,
    Als Weltrekordler,
    Als Weltrekordler in der Heiligen Stadt!

Diese Geschichte ist in Sportcamps gesungen worden – so oder so ähnlich.

Der graue Erik

Der graue Erik ist niemand anderer als der Teufel, den man auch den Gottseibeiuns nennt, obwohl dieser Name für ihn nun wirklich nicht auf der Hand liegt. Teufelsnamen sind immer falsche Namen, wie könnte es auch anders sein, und grau ist der Erik schon gar nicht, sondern rot, das ist bezeugt, und Erik heißt er wahrscheinlich noch weniger.

Eines Abends vor Weihnachten wanderte Lasse der Schuhmacher von Öland nach Småland und geriet in einen Schneesturm, was ihm keine andere Wahl ließ, als in einer verlassenen Mühle unterzuschlupfen, von der aber jeder wußte, daß sich dort der graue Erik nachts mit Frauen trifft. Nun war der Lasse kein Tollkühner, und hätte er nicht mindestens zwei Mittel gegen den Bösen gehabt, dann wäre er lieber in nordischer Winternacht zur Eissäule gezapft, als daß er sich so nah an den Höllenbraten gewagt hätte.

Was aber waren die zwei Mittel gegen den dämonischen Schürhaken?

Erstens: Man muß ein Stück leeres Papier aus einer Bibel nehmen, es in feine Streifen schneiden, die Streifen aneinanderkleben, darauf das Vaterunser schreiben und sich dann das Band in der Gegend der unteren Löcher um den Leib wickeln, denn wenn der Schurkissimus irgendwo in uns hineinfahren kann, dann in dieser Gegend.

Zweitens: Man muß erzählen. Und zwar muß man so erzählen, daß der Antichrist nicht aufhören kann zuzuhören, weil die Geschichte nicht und nicht abreißt, daß er aber zugleich aufhören will mit dem Zuhören, weil die Geschichte nämlich ein preisgekrönter Quatsch ist.

So ausgerüstet mit offiziell gesegneten Tricks suchte der Schuhmacher Lasse in der verlassenen Mühle vor dem Winter Unterschlupf. Zuerst zog er seine Bibel aus dem Rucksack, die war fettig, denn sie war neben der Speckschwarte gelegen, die er sich als Wegzehrung mitgenommen hat. Er riß das Vorblatt aus dem Heiligen Buch, schnitt mit dem Taschenmesser abwechselnd Speckstreifen und Papierstreifen ab, aß die einen, pickte die anderen mit Nasenpopel aneinander und schrieb am Schluß mit einem rußigen Zahnstocher das Gebet des Herrn auf die Papierschlange. Rülpste und wickelte sich das Ding um die untere Gegend. Dann kroch der Lasse in den molligen Kornhaufen, der da lag, weil er vergessen worden war von dem ehemaligen Besitzer der Mühle, als ihn der verfluchte Kreuzbrunzer in die Hölle geholt hatte.

Wartete nicht lang. Hörte etwas. Schaute aus dem Haufen. Da sah der Lasse den Nichtsbuben, nackt und rot, keine Spur von grau. Und gebaut, der Teufel, Meineherrn! Noch eines wußte der Schuhmacher: Man darf den Satan nicht allzulang anschauen, weil man sich sonst in ihn vergafft, das gilt nicht nur für die Frauen. Also schloß der vom Vaterunser umwickelte Wandersmann die Augen, faltete gemütlich die Hände über der Brust und fing an zu erzählen:

»Erst ging ich zu meinem Bruder am zweiten Weihnachtstag, da bekam ich zwei gutgerupfte Hühner. Dann ging ich zu meinem Bruder am dritten Weihnachtstag, da bekam ich drei graue Gänse und zwei gutgerupfte Hühner. Dann ging ich zu meinem Bruder am vierten Weihnachtstag, da bekam ich vier fette Schweine, drei graue Gänse und zwei gutgerupfte Hühner. Dann ging ich zu meinem Bruder am fünften Weihnachtstag, da bekam ich fünf spanische Schafe, vier fette Schweine, drei graue Gänse und zwei gutgerupfte Hühner …«

»Aufhören!« schrie der Gotteslump, und als Lasse still war, sagte er: »Bitte, erzähl nur noch, was am sechsten Weihnachtstag war! Und sonst nichts.«

»Am sechsten Weihnachtstag«, erzählte Lasse weiter, »da

ging ich zu meinem Bruder und bekam die Saat von sechs Jahren …«

»Und was noch?«

»… und fünf spanische Schafe, vier fette Schweine, drei graue Gänse und zwei gutgerupfte Hühner.«

»Wußte ich es doch!« schrie der Allerunwerteste. »Aber weißt du, was mich quält? Mich quält die Frage: Was hast du am siebenten Weihnachtstag gemacht?«

»Am siebenten Weihnachtstag«, brummelte Lasse, der Schuhmacher, »da ging ich zu meinem Bruder …«

»Also doch wieder!«

»… und da bekam ich sieben Ferkel …«

»Solls mich wundern!«

»… und die Saat von sechs Jahren …«

Weiter brauchte Lasse nicht zu erzählen. Mit einem Pfiff zischte Luzifer ab, und der Schuhmacher hatte seine Ruhe und schmatzte wie ein Pfaff auf dem Sofa und schlief die Nacht durch.

Am nächsten Tag ging er seinem Geschäft in der Gegend nach, flickte Schuhe, besohlte Schuhe, nagelte Schuhe, und bei diesen Gelegenheiten erfuhr er Intimes: Nämlich die Frauen, denen er ein völlig Fremder war, zogen ihn ins Vertrauen.

Die erste sagte: »Gestern Nacht, ich sage Euch, ich sage Euch! Ich sag nicht mehr als: Zweimal haben mein Mann und ich uns geliebt!«

Die andere sagte: »Gestern Nacht wollte es nicht aufhören! Ich weiß gar nicht, was in meinen Mann gefahren ist. Dreimal! Man denke nur! Dreimal!«

Die dritte Frau sagte: »Beinah hätt ich mich verzählt! Wenn ich nicht jedesmal dabei ins Holz gebissen hätte, hätte ich mich auch verzählt. Vier Bisse sind im Holz! Vier!«

Die vierte Frau sagte, sie sei in der Nacht gleich fünfmal hintereinander von ihrem Mann, und zwar nach allen Regeln der Kunst, durchgeliebt worden: Die nächste sprach gar von sechsmal, und die darauf von siebenmal. Aber dann war Schluß.

»Achtmal keine?« fragte Lasse, der Schuhmacher.

»Nein, achtmal keine«, wurde geantwortet und gleich wurde gegengefragt: »Und du? Was hast du gemacht in der letzten Nacht?«

»Ich? Ich war bei meinem Bruder«, sagte Lasse und kratze sich am Hintern, weil das Vaterunser zu beißen begann, »da bekam ich acht saftige Ochsen, sieben Ferkel, die Saat von sechs Jahren, fünf spanische Schafe, vier fette Schweine, drei graue Gänse und zwei gutgerupfte Hühner...«

In Schweden hat man sich diese Geschichte erzählt – so oder so ähnlich.

Schuhe aus Brandenburg, Litauen und noch weiter her

Meine Großmutter war nicht größer als einen Meter fünfzig, wog nicht mehr als fünfundvierzig Kilo, und sie hatte graues Haar mit gelblichen Strähnen, die daran erinnerten, daß sie früher ein »Rotfuchs« gewesen war. Das Haar kämmte sie jeden Abend auf dem Bettrand sitzend hundertmal, und es reichte hinab bis auf die Matratze, und am Morgen drehte sie es zu einem Knoten. Ihr Gesicht roch nach Kernseife, es war blaß, und die Haut war dünn. Über die Schläfen hinweg verzweigten sich feine, hellblaue Äderchen. Ihre Augen waren von Kränzen nestelnder Fältchen umschlossen. Mit einem Lächeln aus Demut und Skepsis gab sie den Menschen, die mein Vater bisweilen ins Haus brachte, die Hand, und wenn wir mit dem Opel Record in die Berge fuhren, um die Sensationen aus Stein zu betrachten, war ihr Blick ohne Neugierde.

Ich kannte sie nur als Fremde. Das letzte Viertel ihres Lebens war sie eine Fremde gewesen. Überall auf der Welt wäre sie eine Fremde gewesen und sie war es allem und jedem gegenüber. Wenn sie *in die Stadt* ging, was einkaufen hieß, steckte sie sich eine vergoldete Brosche an, die die Form einer Margerite hatte, und das machte sie verletzbar gegenüber jedem harschen Wort, denn die Brosche sollte sagen: »Ich bin euch ein Stück weit entgegengekommen und habe mich für euch schön gemacht.«

Meine Großmutter sehe ich wacker alles Deutsche verteidigen, das sie im letzten Krieg verloren hatte, und das war nicht weniger als alles Deutsche, eben Deutschland selbst. Dieser Verlust muß absolut gewesen sein, so daß es außerhalb ihres Kopfes nichts mehr gab, das sich zur Entzündung ihrer Erinnerung eignete. Sie hatte jedes Ding verloren. Sie besaß kein Kleidungsstück mehr aus der Zeit vor dem Krieg, kein Buch, keinen Brief, keine Haarbürste, keinen Kochtopf, keine Handschuhe, nicht Messer, Gabel, Scher und Licht – nichts. Nur Erinnerungen – Erinnerungen an Erlebtes und mehr noch: Erinnerungen an Erzähltes – Geschichten aus der Mark Brandenburg, Sagenhaftes aus Litauen und die Märchen der Brüder Grimm. Von ihrer Zeit als Ehefrau und Mutter sprach sie nie, auch nicht vom Tod ihres Mannes, den sie gewiß nicht geliebt, aber auch nur wenig gefürchtet hatte. Ihr eignes Leben war im Es-war-einmal nicht enthalten. Als ihr mein Vater zu Weihnachten 1957 eine Auswahl der Grimmschen Märchen schenkte, hob sie nur kurz den Buchdeckel und sagte: »Kenn ich alle.«

In der Mark Brandenburg war sie ihr Leben lang nicht gewesen. Was sie über dieses Land wußte, stammte wahrhaftig aus der Zeit um 1830. Ihr Großvater – also mein Ururgroßvater – war in Wustrau aufgewachsen, hatte als junger Lehrbub des Tischlerhandwerks seine Heimat verlassen und war zu Fuß bis nach Rom gewandert und wieder zurück und weiter hinauf bis nach Schweden und wieder herunter und nach rechts und nach links auf der Windrose, bis an den Rand des unentdeckten Landes, von dessen Bezirk kein Wandrer wiederkehrt. In Franken schließlich war er müde geworden und hatte sich seßhaft gemacht, vierzigjährig bereits, aber prächtig konserviert von Staub und Sonne. Er heiratete eine Katholikin, blond, sehr traurig und ein bißchen blöd, voll jener Hochherzigkeit der Entsagung, die den härtesten Widerstand zu brechen vermag. Er selbst war Protestant, er stimmte der katholischen Erziehung seiner Kinder zu. Bis an sein Lebensende – er wurde vierundachtzig Jahre alt – arbeitete er als Schreiner ohne feste Anstellung und er arbeitete stets mit seinen eigenen Stemmeisen, die er im Rucksack aus Wustrau mitgebracht hatte. Das Gewicht des Familiären hatte ihn fast verstummen lassen. Nur seiner Enkelin erzählte er von seiner Kindheit und Jugend in der Mark, und meine Großmutter gab diese Geschichten an mich weiter. Als sie starb, erbte ich einen Heiligen Josef, einen Hirten und ein Schaf. Die hatte ihr Großvater geschnitzt. Es war eines der vielen Zugeständnisse gewesen an seine katholische Frau. Die Figuren waren nicht im Besitz meiner Großmutter, eines ihrer Geschwisterkinder hatte sie unter irgendwelchen alten Sachen gefunden und mir zukommen lassen – als Andenken.

Meine Großmutter erzählte von ihrem Großvater, und die Geschichten aus Wustrau mischten sich in meinem Kopf mit den Märchen der Brüder Grimm, und sie unterschieden sich nur dadurch, daß sie einen Serienhelden hatten, einen Jungen namens Leopold – so hieß mein Ururgroßvater. Und dieser Junge tollte über die jeden Schritt dämpfende, sandige Erde der Mark Brandenburg, und es war, als hätte es damals keine anderen Kinder gegeben neben ihm, als hätten die Menschen in verschiedenen Sprachen gesprochen, denn er verstand nicht, was sie sagten. Sie prügelten ihn, weil er ihnen nicht gehorchte. Dann stand er da wie aus dem Element gefallen, kapierte einfach nicht, daß er bis an den Rand der Taubheit schwerhörig war. Also ging dieser Bub zu seinem Großvater, der als der zufriedenste Mann der Welt bekannt war, und der brüllte in sein Ohr: »Leopold, willst du die Geschichte hören, wie ich hierher gekommen bin aus Litauen?« Und das wollte der Bub.

»Du mußt wissen«, schrie der geduldigste Mann der Welt und rieb seine Borsten am Gesicht des Enkels, »mein Vater war wie die da, ein unzufriedener Raufer, ein ungeduldiger Mensch, mäkelsüchtig, verbohrt, heimgesucht von Stunden der blassen Angst, noch den kleinsten Mißhelligkeiten hilflos ausgeliefert, von Tagesanbruch an im Umtrieb, verstehst du, aber ohne daß etwas vorwärts ging, ein Mann, der nicht auf seinem Hintern sitzen konnte und es doch nicht über sich brachte, hinaus in die Welt zu ziehen. Er war in seine Träume verbissen, hörst du, vom Beginn seiner Lebensbahn an, das ist nie gut. Er wollte alles und alles aufeinmal und alles sofort. Aber wer Wasser und Erde zugleich haben will, erhält einen Sumpf. Ich dagegen habe es gemacht wie mein Großvater: Ich habe einen Schritt vor den anderen gesetzt. Nur: Mein Großvater ist wieder in sein Dorf nach Litauen zurückgekehrt. Mich aber hat es hierher in die Mark verschlagen. Hier bin ich geblieben. Kennst du die Geschichte von meinem Großvater?«

»Ja, ja, ja«, sagte Leopold, »die kenne ich.«

Ich habe meine Großmutter gefragt, ob sie wisse, was ihr Ururgroßvater meinem Ururgroßvater von seinem Großvater erzählte.

»Du mußt lauter sprechen«, sagte sie.

»Ob du diese Geschichte kennst!«

»Na freilich«, sagte sie. »Du kennst die Geschichte doch auch. Es ist eine berühmte Geschichte. Es ist die Geschichte von dem, der um Arbeit in die Welt hinaus ging und gearbeitet hat sieben Jahr, dann einen Goldklumpen gekriegt hat, den er gegen ein Pferd, das er gegen eine Kuh, die er gegen ein Schwein, welches er gegen eine Gans, die er gegen einen Wetzstein getauscht hat, der ihm zu guter Letzt in einen Brunnen gefallen ist.«

»Die Geschichte von unserem glücklichen Vorfahren Hans«, sagte ich.

»Ja, die Geschichte von unserem glücklichen Vorfahren Hans«, sagte sie, »der in die Welt hinausgezogen ist und wieder zurückgekommen ist und zu Hause alles so vorgefunden hat, wie er es verlassen hatte. An ihm hätte sich mein Großvater ein Beispiel nehmen sollen. Warum nur mußte dieser taube Leopold unbedingt fort aus der Mark Brandenburg und warum, wenn er schon unbedingt fort mußte, warum ist er nicht wieder umgekehrt!«

So jammerte meine Großmutter.

Ich hatte ein Bild von Wustrau in mir: ein Marktplatz, in dessen Mitte ein Brunnen steht, in den Prinzessinnen goldene Bälle werfen, die von verzauberten Fröschen zurückgebracht werden. Um diesen Brunnen herum prunken Paläste und Bürgerhäuser, in denen Stroh zu Gold gesponnen und in winzigen Schuhen getanzt wird. Mein Wustrau hatte nur eine Straße, sie kam von außen und endete am Marktplatz. Der Marktplatz war ein heller, glücklicher Ort, aber die Straße dorthin war düster, und aus den Häusern drang eine Luft, die süß und schwer war und manchmal nach Keller roch. Da war das Haus des Müllers, der seiner Tochter die Hände abgehackt hatte, damit der Teufel sie und nicht ihn hole; oder das Haus, in dem die Frau mit den drei Töchtern lebte, von denen die erste ein, die zweite zwei, die dritte drei Augen hatte; und schließlich das letzte Haus der Straße, das unheimlichste, wo der Herr Korbes wohnte, der von den Dingen und den Tieren gleichermaßen gehaßt und schließlich von ihnen in gemeinsamer Schlacht vernichtet wurde. – Auch wenn meine Großmutter versicherte, sie wisse nicht, warum ihr Großvater von Wustrau fortgezogen und nie mehr umgekehrt sei – ich wußte es. Denn auch am hellen Marktplatz, wo sich die Guten sammeln, wird das Leben zum Jammer, wenn man weiß, daß der Weg hinaus durch eine Gasse der Trauer und des Grauens führt. Und so war es für meinen Ururgroßvater eine leichte Entscheidung, aus Wustrau aufzubrechen und im Schutz seiner Schwerhörigkeit durch Europa zu wandern.

Nun war meine schwerhörige Großmutter ja ebenfalls aus ihrer Heimat ausgezogen. Ihre Tochter hatte während des Krieges einen österreichischen Soldaten geheiratet und war ihm nach Ende des Krieges in seine Heimat gefolgt. Die Tochter hatte vier Kinder geboren, zwei starben gleich nach der Geburt, übrig blieben meine Schwester und ich. Und eine Krankheit, die meine Mutter an Stützapparat und Krücken zwang und eine Haushaltshilfe notwendig machte. Also packte meine Großmutter ihre Sache in zwei Pappkoffer und übersiedelte auf die österreichische Seite des Bodensees. Und blieb hier 16 Jahre. Bis sie kurz vor ihrem Tod wieder nach Franken zurückkehrte. In all den Jahren hier weigerte sie sich, ihre Wäsche in den Schrank zu geben, sie bettete sie in die beiden mit winzigen Lavendelkissen besetzten Koffer. Denn sie glaubte, sie werde eines Tages ebenso plötzlich nach Hause gerufen, wie sie hierher gerufen worden war, und dann sollte keine Zeit mit Kofferpacken vertrödelt werden.

»Von selber geh ich nirgends hin«, sagte sie, »aber wenn man mich ruft, was bleibt mir dann übrig.«

Der Wacholderbaum

Es war einmal ein Märchenpaar, er: gebaut wie eine Birke, eine Haut wie das feinste Leder, sie: ein Glanz in der Welt, und beide reich und gescheit und mit einem Anwesen gesegnet, auf dem zwei Bäume standen, ein Apfelbaum und ein Wacholderbaum.

Nur einen Kummer hatten die beiden: Ein Kindlein wollte sich nicht einstellen, egal, wie man sich anstellte. Da hieß es: Es soll eben nicht sein, die Frau kann das Leben eben nicht mehren. Denn alle gaben die Schuld der Frau. Ihr Mann aber sagte: »Lieben können wir uns trotzdem, oder?« Sie aber wußte nicht so recht, sie wußte einfach nicht so recht.

Und mit ihr begann der Wacholderbaum zu vertrocknen, bald waren die Blätter grau, und sie schrumpelten und fielen ab, und die Zweige verengten sich und wurden wie Hühnerbeine. Der Apfelbaum aber übertraf sich selbst. Im Herbst waren bald mehr Äpfel auf ihm als Blätter, man mußte stützen, und die Äpfel waren die süßesten und anmachigsten, die je ein Mensch gesehen hatte, und Experten rieten, man solle von denen auf jeden Fall jeden Tag einen essen, aber auf keinen Fall mehr als einen, weil in diesen Äpfeln die Natur derart konzentriert sei, daß man einen Schock davon tragen könnte bei zweien oder dreien.

Da sagte der liebe Mann zur lieben Frau: »Von diesen Äpfeln sollst nur du essen, ich habe Natur in solchen Dosen nicht nötig.« Er ließ eine schwere Holzkiste bauen, in die stapelte er die Äpfel, und jeden Tag aß die Frau einen. Nützen tat es nichts, jedenfalls nicht bis in den Winter hinein.

Im Winter stand die Frau, mager inzwischen und ausgedörrt, beim Wacholderbaum und schälte einen ihrer Äpfel, da schnitt sie sich in den Finger und Blut tropfte in den Schnee. Der Wacholderbaum räkelte sich, als wär er ein Mensch, der gerade gemütlich von einem langen Schlaf erwacht. Und die Frau sagte vor sich nieder: »Ach, bekäme ich doch nur ein Kind, das wie Schnee und Blut ist!«

Und schau her, im Frühling tat sich etwas! Der Wacholderbaum schlug aus schon vor der Zeit, die Zweige wurden prall, und der Saft in seinen Adern drückte, und sicher hätte der Baum gejauchzt, wenn der Gedanke daran nicht schon ein Unsinn wäre. Und der Frau gings nicht anders. Weg waren die Falten und die Kerben um den Mund, und die Mundwinkel hoben sich, und die Augen feuerten, und bald war klar: Sie ist schwanger.

Mit dem Apfelbaum aber gings bergab. Als die Frau rund war und schwer, lag er in den letzten Zügen, da war es Sommer.

Trauer über Trauer! Die Frau, die liebe, die schwere, sie brachte ihr Kind auf die Welt, und dann starb sie, und mit ihr starb der Apfelbaum.

Der Mann, der nun der Vater genannt wird, drückte seinen Buben jeden Tag und gab ihm jeden Tag einen Äpfel aus der Truhe und streichelte sein Söhnchen in den Schlaf hinüber, und weinte und sah sich schließlich in der Welt nach einer anderen um, denn es ist nicht gut, wenn ein Kind ohne Mutter aufwächst. Und der Mann fand eine. Die war an sich nicht schlecht.

Und es war auch nicht so ein Problem wie mit der ersten, es brauchte keinen Schnitt in den Finger vor dem Wacholderbaum, sie wurde ruck-zuck schwanger, und brachte ein Mädchen zur Welt, und liebte nur das Mädchen, liebte nicht den Buben von ihrer Vorgängerin, knuffte ihn, puffte ihn, gab ihm Kopfnüsse, zog seine Löffel, wenn der Vater nicht da war. Aber seinen täglichen Apfel traute sie sich ihm nicht zu nehmen.

Eines Tages sagte das Mädchen: »Ich will auch so einen Apfel haben.« Da sagte der Bub: »Mußt den Vater fragen.« Der Vater aber sagte: »Äpfel nur für den Buben.«

Das ärgerte die Stiefmutter.

Am nächsten Tag sagte sie zu dem Buben: »Komm, nimm dir deinen Apfel!« Und als sich der Bub über die Truhe beugte, schlug sie mit aller Kraft den Deckel auf seinen Nacken, so daß der Kopf vom Hals fiel. Da erschrak sie. Was soll ich nur tun, dachte sie, der Mann wird mich würgen!

Sie holte ein Halstuch, steckte den Kopf des Buben auf den Hals, wickelte das Tuch herum, drückte ihm den Apfel in die Hand und setzte ihn draußen neben die Tür.

Das Mädchen kam und sagte: »Bruder, laß mich von deinem Apfel abbeißen!« Der Bruder antwortete nicht. Da beschwerte sich die Schwester bei der Mutter. Die Mutter sagte: »Frag ihn noch einmal, und wenn er wieder bockt, dann gib ihm eine Watsche.«

Der Bruder bockte wieder, das Mädchen schlug zu, der Kopf fiel herunter und rollte davon.

Ich hab meinen Bruder getötet, dachte das Mädchen, und beichtete es der Mutter. Die sagte: »Bleibt uns nichts anderes übrig, als den Bruder zu zerschneiden, ihn zu kochen und ihn dem Vater zu essen zu geben.«

Sie taten so, und dem Vater schmeckte der Braten, aber das Mädchen hatte Kummer, und es sammelte die Knochen auf, die der Vater hinter sich warf, und begrub die Knochen unter dem Wacholderbaum. Da stöhnte der Baum, und seine Blätter wurden grau und fielen ab und die Zweige wurden wie Hühnerbeine.

Aber aus dem Boden neben dem Baum wuchs ein bunter Vogel, der konnte singen, und er sang:

»Meine Mutter hat mich geschlachtet
Mein Vater hat mich verspeist
Meine Schwester hat mich begraben
Ich bin vom Bruder der Geist!«

Aber nur die Mutter konnte den Text verstehen, und sie wurde verrückt. Man sperrte sie hinter hohe Mauern, die keine Fenster hatten, aber nach oben hin offen waren. Und so flatterte der Vogel Tag und Nacht über ihrem Kopf und sang sein Lied. Irgendwann soll vom Himmel ein barmherziger Mühlstein auf sie gefallen sein.

Diese Geschichte stammt aus Holland, wird aber auf der ganzen Welt erzählt – so oder so ähnlich.

Fundevogel

Auf der Grenze hockt der Flatter,
hockt der Flatter auf dem Zaun.
Tritt der Jäger durch das Gatter,
um in' dunklen Wald zu schaun.

Fundevogel, Flatterwesen,
steck dich unters Laub und pfeif!
Bist du frei und wild gewesen,
wirst bald flügellos und reif.

Hat ihn! Packt ihn! Ist da keiner,
der ihn sich gleich kochen möcht?
Noch erbarmt sich keiner seiner,
ist noch ohne Menschenrecht.

Darfst ihn quälen, wenn du quälen
willst zum Spaß, und ohne daß
quälende Gewissensbisse
dämpfen deinen Menschenhaß.

Ist noch ohne Sprach' und Glauben,
ohne Worte, ohne Zweck.
Kannst ihm nur das Leben rauben.
Nimmst es ihm, dann ist es weg.

Nein? Dann ab in Jungfraunträume!
Lenchen, Lenchen, hörst du mich?
Überbringer und Vollstrecker
deiner Wünsche, das bin ich.

Hab dir da ein Flatterwesen,
einen Findling mitgebracht,
einen Sorgenstein in Hosen.
Hüte ihn! Gib auf ihn acht!

Doch sogar in deinen Träumen
darfst du nicht alleine sein
mit dem teufelsgleichen Engel,
mit dem Fundevögelein.

Selig Mädchen, hat der Traum dich
wohl genarrt, als er so tat,
als verflögen seine Bilder,
wenn der fade Tag sich naht.

Lenchen, Kind, dir ist geblieben,
was die Sehnsucht dir erfand.
Solltest dich jetzt gleich verlieben,
weil sonst löscht ihn dein Verstand!

In des Tages kaltem Gleißen
herrscht, wer durch die Nacht gestählt.
Denn nur wer vor nichts sich fürchtet,
fürchtet nichts auf dieser Welt.

Hier nun steht die Frau, die rote,
die des Lenchens Mama ist.
Angstlos wie ein Höllenbote,
grell wie Satans Posaunist.

Sieht, was ihr ins Haus geflattert,
was hier landen will am End,
in den Augen Lust auf Leben,
wie wenn das genügen könnt.

So ein bunter Fundevogel,
denkt sie, der soll mit mir gehn,
der soll meine Sprache lernen,
soll durch meine Augen sehn.

Erstes Wehe: Abgewiesen!
Hat der glatt sich widersetzt!
Niemand darf das Herze sehen,
das der Vogel ihr verletzt.

Drum: Wenn's weh tut, muß man lachen.
Unter Leute mischt man sich.
Hier die Magd und hier die Knechte
amüsier'n sich fürchterlich.

Und nun der da, der da weh tun
kann, kann der das etwa auch?
»Tanz doch, Vogel, sing doch, Vogel!«
Hoppla, fällt er auf den Bauch!

Armes Flatter-Funde-Wesen!
Wer hat's Federchen gerupft?
Hast erst ein Gemüt bekommen,
wirds schon grob herumgeschupft.

Merke Vogel: Seelchen kriegt man
erst, wenn etwas wehe tut.
Ist wie Anzug gegen Kälte,
ist wie gegen Regen Hut.

Zweites Wehe: Eifersüchtig!
Wenn die andre mehr gefällt,
wenn man nur noch zweite sein soll,
ist man letzte auf der Welt.

Und mit einem einz'gen Schlag hat
nichts auf dieser Welt mehr Sinn.
Bin ich nirgends mehr die erste,
weiß ich nicht mehr, wer ich bin.

Und so ist die Zeit vergangen.
Sagen wir: so zwei, drei Täg.
Zweie lieben sich im Dunkel,
gehn dem Lichte aus dem Weg.

Tun die Tyrannei belügen,
die da brennt im roten Kleid.
Lenchen und der Fundevogel
üben die Durchtriebenheit.

»Ist die Mama in der Nähe«,
sagt das Lenchen, »bleibt uns bloß,
so zu tun, als würden wir uns
hassen und zwar bodenlos.

Weil ein wenig hassen wird sie«,
führt das Lenchen lehrend fort,
»uns nicht glauben, denn das Hassen
stammt aus ihrem Herzen dort.

Darum laß uns alle Worte
kehren in ihr Gegenteil.
Mein' ich schön, dann sag' ich häßlich;
sag' ich: Geh!, mein' ich: Verweil!

Sag' ich schlagen, mein' ich küssen,
schrei' ich laut, dann bin ich still,
sag' ich: Lebe wohl!, dann heißt das,
daß ich mit dir sterben will.«

Doch der Haß kennt Rank und Ränke,
ist ein Lügenspezialist.
Hieß es, daß der Haß im Herzen
dieser Frau zu Hause ist?

Mit verqueren Worten weichen
kann man harte Mama nicht.
Sie durchschauts. Drum drittes Wehe
heißt: Betrogen! Folgt: Gericht.

Mutterliebe spielt den Anwalt,
sagt: Das Lenchen lasse sein!
Greif den Vogel, rupf ihn, salz ihn,
nimm ihn aus und koch ihn ein!

Bis auf eine einverstanden
sind die Seelen in der Brust.
Wahnsinn spricht mit vielen Stimmen,
nur mit einer spricht die Lust.

Seht, das Lenchen hat 'nen Vogel,
der ganz nah bei ihr sein darf,
den der Himmel ihr ins Herz, in'n
Schoß und in die Arme warf.

Und den läßt sie sich nicht nehmen,
geht mit ihm aus diesem Haus.
Aus den Kinderhäuten steigen
Mann und Frau zur Welt hinaus.

Ab die Knechte auf die Matte!
Sucht die Wanzen! Krallt sie euch!
Magd, du mit dem faulen Buckel,
spür die Gegend aus beim Teich!

Buah! Buah! – Aus dem Höschen
wird ein Röschen venenblau!
Uah! Uah! – Aus den Löckchen
werden Glöckchen! – Hör und schau!

»Nichts gefunden! Schade, schade!
War nur Zauberfirlefanz.
Melden ab sich Sepp und Fini
und ich auch, ich bin der Franz.«

Jetzat aber fährt die Rote
selbst hinein ins Element,
und sie schlägt das Herz im Leibe,
bis das ganze Weib verbrennt.

Seht, jetzt bricht sie, spaltet, kaltet
eist und weist den Geist von sich.
Lenchen und der Fundevogel … –
Pünktchen und Gedankenstrich.

In Wartesälen ist diese Geschichte manchmal gesungen worden – so oder so ähnlich.

Der Mond

Ein Vater hatte sieben Söhne. Und eines Tages rief er die sieben Söhne zu sich.

Und er sagte zu ihnen: »Ich bin krank, und weil ich bald sterben werde, möchte ich euch etwas sagen. Ich habe mich nicht viel um euch gekümmert. Ihr habt mich weder interessiert, noch habe ich euch geliebt. Mich hat nur eines interessiert, nämlich das Fleisch. Das Fleisch hat mir Glück und Segen und vor allem Geld gebracht. Das Fleisch kommt vom Tier. Und deshalb will ich, daß ihr auf meine Tiere achtgebt, wenn ich tot bin.«

Zum ältesten Sohn sagte er: »Du, du sollst dich um die Pferde kümmern.«

Zum zweitältesten Sohn sagte er: »Du, du sollst dich um die Rinder kümmern.«

Der dritte sollte sich um die Schweine kümmern, der vierte um die Ziegen, der fünfte um die Schafe, der sechste um Hund und Katze.

Zum jüngsten Sohn, dem siebenten, aber sagte er: »Du bist mir verantwortlich für das Ungeziefer und für das Geld.«

Und dann starb der Vater.

Nein, dieser Vater hatte sich nicht um seine Söhne gekümmert, und um seine Frau hatte er sich auch nicht gekümmert, und geliebt hatte er sie schon gar nicht. Deshalb wußte er nicht, daß seine Frau wieder schwanger war. Und er starb, ohne das Kind gesehen oder von ihm gehört zu haben.

Sie brachte ein achtes Kind zur Welt, es war ein Mädchen. Und als es auf die Welt kam, da waren seine Brüder, die sieben Söhne, gerade auf dem Feld bei der Arbeit. Und die Mutter sah, daß ihr Mädchen sehr hübsch war. Aber es störte sie, daß es die Händchen vor den Mund preßte. Und da riß die Mutter dem Kind die Hände vom Mund. Und da sah die Mutter, daß das Kind Hauer hatte, ein gefährliches Gebiß. Scharfe, weiße Zähne, Und da sagte sich die Mutter: Dieses Kind soll niemand auf der Welt jemals sehen. Und sie band das Kind in der Wiege fest und schob die Wiege in eine leere Kammer und sperrte die Kammer ab.

Am Abend, als die Söhne von ihrer Arbeit nach Hause kamen, sagte die Mutter: »Diese Kammer hier dürft ihr niemals betreten.«

So vergingen viele Jahre. Und das Mädchen war fünfzehn Jahre alt geworden und lebte noch immer in der Kammer.

Eines Nachts wachte der jüngste Sohn auf, er hörte ein Hauchen. Er verließ sein Bett, um nachzusehen, und er sah, daß über dem Pferdestall eine Wolke schwebte. Aber er dachte sich: Ich bin ja nicht verantwortlich für die Pferde. Und legte sich wieder hin.

Am kommenden Tag mußte eine Notschlachtung gemacht werden. Einem der Pferde war nämlich in der Nacht die Haut abgezogen worden.

In der nächsten Nacht wachte der jüngste Sohn wieder auf, und er hörte wieder ein Hauchen, und er sah, daß die Wolke diesmal über dem Rinderstall schwebte. Aber er dachte: Ich bin ja nicht verantwortlich für die Rinder, sondern für das Ungeziefer und das Geld. Und er legte sie wieder hin.

Am folgenden Tag mußte ein Rind geschlachtet werden.

Und dann kamen ein Schwein dran und dann eine Ziege und dann ein Schaf. Nach der sechsten Nacht fand man den Hund und die Katze, und beiden war das Fell abgezogen. Und immer hatte der jüngste Sohn ein Hauchen gehört, und immer hatte er sich gesagt: Das interessiert mich nicht. Ich bin nicht verantwortlich.

Aber in der siebten Nacht, als er wieder ein Hauchen hörte, kam es von unten aus der Stube. Und da sah der Jüngste die Wolke über der Schatulle mit dem Geld schweben. Nun sagte er sich: »Dafür bin ich verantwortlich!«

Er nahm sein Messer und stach in die Wolke. Blutstropfen fielen aus der Wolke. Er folgte den Blutstropfen. Sie führten ihn zu der Kammer, die abgesperrt war. Und dann sah er, daß bei den Münzen die Zahl und auch das Bild abgeschleckt waren.

Am nächsten Tag stellte der Jüngste seine Mutter zur Rede und sagte: »Was ist hinter dieser Tür! Wenn du mir nicht antwortest, werden meine Brüder und ich die Tür aufbrechen!«

Da sagte die Mutter: »Gut. Geh du mit deinen Brüdern hinaus aufs Feld wie jeden Tag. Um Mittag werde ich kommen, um euch das Essen zu bringen. Und ich werde nicht allein kommen.«

Am Mittag kam die Mutter mit ihrer Tochter, dem fünfzehnjährigen Mädchen, aufs Feld. Und das Mädchen hielt die Hand vor den Mund.

Die Brüder blickten ihre Schwester an und verliebten sich in sie. Alle verliebten sich in sie, nur der Jüngste nicht.

Der sagte: »Warum hältst du deine Hand vor den Mund?«

Aber seine Brüder sagten: »Laß sie doch! Laß sie doch! Das sieht doch herzallerliebst aus, wie sie die Hand vor den Mund hält!«

Aber der Jüngste sagte wieder: »Warum hältst du die Hand vor deinen Mund?«

»Jetzt habt ihr eure Schwester lange genug angestarrt«, sagte die Mutter, »jetzt will ich wieder nach Hause gehen mit ihr.«

»Aber nein«, riefen die Brüder, außer dem Jüngsten, »aber nein, aber nein!«

»Was kann sie euch hier draußen schon nützen?« sagte die Mutter.

Und da sagten die Brüder, außer dem Jüngsten: »Sie kann auf unser Pferd aufpassen, das unten in der Senke steht.«

So geschah es.

Aber der Jüngste gab obacht. Und dann hörte er wieder das Hauchen. Er stieg hinunter in die Senke und sah die Wolke. Er hob einen Stein auf und warf ihn in die Wolke. Und die Wolke regnete Blut. Und als das Blut aus der Wolke geregnet war, sah der Jüngste seine Schwester. Sie saß in der Senke, neben ihr lag das Pferd. Blutig.

Da drehte sich der Jüngste um und ging hinaus in die Welt. Er ging und ging und legte sich hin, wenn er müde war, und dann ging er weiter.

Bald kam der Jüngste in einen Wald, dort sah er einen Turm. Er sah von weitem, daß der Turm Fenster hatte und auch eine Tür hatte. Und er sah, daß aus einem der Fenster eine junge Frau blickte, sie winkte ihm zu und rief, und sie hatte eine schöne Stimme. Er lief auf den Turm zu. Als er aber vor dem Turm stand, sah er, daß die Tür nur aufgemalt war.

Der Turm hatte keine Tür.

Die junge Frau rief aus dem Fenster: »Komm zu mir!«

»Wie soll ich das?« rief der Jüngste.

Die Frau sagte: »Du mußt mir nur deine Hand geben. Dann zieh ich dich empor.«

Und der Jüngste reichte ihr seine Hand hinauf. Und sie zog ihn zu sich in den Turm.

Die Frau sagte: »Bleib hier bei mir! Lebe mit mir!«

Und das tat er.

Er lebte bei der Frau, und jeden Tag versprach er ihr: »Morgen! Morgen werde ich eine Tür in den Turm schlagen! Morgen gewiß!«

Aber immer kam ihn etwas dazwischen. So ging das viele Jahre.

Er wollte nichts mit Tieren zu tun haben. »Keine Tiere«, sagte er zu der Frau, »keine Tiere! Laß uns Obstbäume pflanzen und Gemüse. Laß uns die Taschen voll Erde stopfen und voll Samen!«

Das taten sie.

Sie fragte: »Willst du mich heiraten?«

Er sagte: »Ja. Ja ... wenn ich die Tür in den Turm geschlagen habe ... dann.«

Sie sagte: »Mach das bald!«

Er sagte: »Zuerst will ich noch einmal meine Familie sehen. Dann heiraten wir gewiß.«

Sie warnte ihn und sagte: »Tus nicht! Tus nicht!«

Aber er sagte: »Ich muß.«

Sie gab ihm einen Kamm und einen Schleifstein und ein Stück Kohle. »Wenn du in Gefahr bist«, sagte sie, »dann wirf diese Dinge hinter dich.«

Dann ließ sie ihn ziehen.

Nach einer langen Wanderung kam der Jüngste in sein Dorf. Und schon von weitem sah er: Alles war tot, alles war zerstört. Auf den Straßen lagen die Tiere und die Menschen.

Und er rief nach seiner Mutter, und er rief nach seinen Brüdern, und er suchte das Haus seiner Eltern. Er fand das Haus, aber seine Mutter war nicht da, und seine Brüder waren nicht da. Er setzte sich auf die Veranda vor dem Haus.

Und da hörte er hinter sich das Hauchen. Er drehte sich um. Seine Schwester stand in der Tür. Sie hielt ihre Hand vor den Mund. Sie war noch schöner geworden. Und da verliebte sich nun auch der Jüngste in sie. Und er sah, daß sie sich freute. Und er sagte zu sich: Jetzt weiß ich, warum ich die Frau in dem Turm nicht geheiratet habe. Aber er fürchtete sich auch vor seiner Schwester. Denn er erinnerte sich noch gut daran, wie sie neben dem blutigen Pferd gesessen hatte, unten in der Senke.

Die Schwester sagte: »Komm herein, Jüngster! Ich koche für dich. Du wirst Hunger haben.« Dann nahm sie eine Geige von der Wand und sagte: »Hier! Spiel! Ich werde inzwischen für dich kochen!«

Und der Jüngste sagte: »Ich kann nicht Geige spielen, das kann ich nicht.«

»Wenn du erst spielst«, sagte sie, »dann kannst du es auch.«

Da spielte er. Und bei jedem Ton wunderte er sich, wie schön dieser Ton war. Die Schwester war in der Küche.

Während er spielte, sprang ein winziges Tier auf sein Knie. Und es kroch weiter bis hinauf zu seiner Schulter. Und dieses winzige Tier flüsterte ihm ins Ohr.

»Spiel weiter«, flüsterte das Tier. »Unterbrich nicht. Deine Mutter bin ich. Ich bin vor Angst so klein geworden. Und Angst hatte ich vor deiner Schwester. Sie hat alles getötet in unserem Dorf.«

Und der Jüngste spielte und hörte nicht auf damit und sagte: »Das glaube ich nicht. Ich liebe meine Schwester. Und ich habe in ihren Augen gesehen, daß sie mich auch liebt. Ich glaube nicht, was du mir hier erzählst!«

Und die Mutter, das winzige Tier, sagte: »Es ist wahr, in alle hat sie sich verliebt. Aber ihre Liebe bedeutet, daß sie tötet, und sie wird auch dich töten, wenn du nicht fliehst!«

»Aber wie soll ich fliehen!« sagte der Jüngste. »Wie soll ich das machen?«

Das winzige Tier sagte: »Ich werde auf der Geige spielen. Ich werde auf der Geige herumhüpfen, und das wird wie Musik klingen, und deine Schwester in der Küche wird denken, du spielst.«

Da lief der Jüngste vor seiner Schwester davon.

Und dann kam die Schwester aus der Küche, und sie sah, daß sie überlistet worden war. Sie griff nach dem winzigen Tier und wollte es verschlingen. Aber das winzige Tier schlüpfte durch die schrecklichen, großen, weißen Zähne in den Mund der Schwester, und es rutschte über die Speiseröhre hinunter, schwamm durch den Magen, grub sich durch den Darm und floh hinten heraus. Aber die Schwester griff es wieder, und wieder schlüpfte das winzige Tier durch die Hauer in den Mund, wieder rutschte es über die Speiseröhre, schwamm wieder durch den Magen und grub sich durch den Darm. Und so immer wieder.

Dadurch bekam der Jüngste einen Vorsprung.

Am Schluß nahm die Schwester das winzige Tier, warf es zu Boden und zertrat es.

Die Schwester nahm die Verfolgung auf. Sie lief ihrem Bruder nach. Und der Bruder spürte, daß sie hinter ihm war. Aber er dachte: Nein, ich drehe mich nicht nach ihr um. Denn wenn ich sie sehe, kann ich nicht anders, dann muß ich mich in sie verlieben, und dann bin ich verloren.

Da fiel ihm der Kamm ein, den ihm die Frau im Turm gegeben hatte. Und er warf den Kamm hinter sich. Der Kamm verwandelte sich in einen See, der nun zwischen ihm und der Schwester war.

Aber die Schwester trank den See aus und nahm weiter die Verfolgung auf.

Der Jüngste erinnerte sich an das Stück Kohle, das ihm die Frau im Turm gegeben hatte. Er warf die Kohle hinter sich, und die Kohle verwandelte sich in einen Brand.

Die Schwester atmete den Brand in ihre Lungen und nahm weiter die Verfolgung auf.

Der Jüngste erinnerte sich an den Wetzstein, den ihm die Frau im Turm gegeben hatte, und er warf den Wetzstein hinter sich, und aus dem Wetzstein wurde ein Berg.

Die Schwester bohrte sich durch den Berg und nahm weiter die Verfolgung auf.

Da waren sie auch schon in dem Wald angekommen, in dem der Turm stand.

Der Jüngste lief auf den Turm zu, und aus dem Fenster blickte die Frau.

Sie rief: »Komm, gib mir deine Hand! Ich kann dich retten! Wärst du doch nur bei mir geblieben! Hättest du mich doch nur geheiratet! Hättest du doch nur die Tür in den Turm gebrochen!«

Sie nahm seine Hand und zog.

Aber da war auch schon die Schwester da. Und sie ergriff seinen Fuß und zog ihn zu sich herunter. Und die Frau zog ihn an der Hand zu sich hinauf. Und weil sie beide gleich stark waren, konnte nicht entschieden werden. Und so war der Jüngste gespannt zwischen die Frau oben und seine Schwester unten.

Und dann wurde es Nacht. Und in der Nacht kam der Mond. Und der sah, daß der Jüngste gespannt war zwischen die Schwester und die Frau.

Und der Mond sagte: »Ja. Siehst du, so geht es mir auch. Einmal bin ich im Schwarzen, einmal bin ich im Weißen. Einmal im Hellen, einmal im Dunkeln. Du mußt es aushalten! Halt es aus!«

Roma haben diese Geschichte erzählt – so oder so ähnlich.

Grünbart

Oft hatte der Handelsmann gute Laune, dann alberte er herum, gab den Dingen andere Namen, als ihnen Adam gegeben hatte, und erfand für gar nichts etwas. Und einmal war es wieder so, und das war genau an dem Tag, an dem er auf Handelsreise in die Stadt aufbrach.

Sagte er zu seiner Frau: »Was soll ich dir besonders Häßliches mitbringen?« Meinte damit natürlich etwas besonders Schönes.

Sagte sie: »Bring mir ein Halstuch mit, aber nur eines aus feinster roter Seide.« Meinte damit, es sei nicht nötig, ihr etwas mitzubringen. Sie war nicht so bewandert in Albernheit und Dingverdrehung wie ihr Mann.

Sagte der Mann. »Gutt!« Und sagte zu seinem Sohn: »Und was möchtest du Unbrauchbares?« Und meinte natürlich Brauchbares.

Sagte der Sohn: »Ein Gewehr, wenn geht, aber nur eines aus Silber.« Auch er meinte, es sei alles gut auch ohne Geschenk, auch er war in der verkehrten Welt kein Kaiser.

Sagte der Mann schließlich zu seiner Tochter: »Und was soll ich meiner häßlichen Semmel mitbringen?« Meinte natürlich dem hübschen Zuckerschnütchen.

Die Tochter aber hatte Matura in Blödsinn, sie sagte: »Wenn du den elenden Grünbart triffst, sag ihm, die Rosen sind reif.«

»Gutt!« sagte der Handelsmann und machte sich auf den Weg in die Stadt. Und in der Stadt war er diesmal so erfolgreich, daß ihm die Flausen ausgingen und er beinahe fromm wurde angesichts des vielen Geldes, das er verdient hatte.

Und da dachte er: Bei so viel Gnade, die mir widerfahren ist, kann ich doch der Familie gegenüber so tun, als ob ich den Blödsinn ernst nähme. Und so tat er.

Er besorgte für seine Frau ein rotes Seidentuch, das einen Irrsinn kostete, und für den Sohn ein silbernes Gewehr, das einen Wahnsinn wert war. Nur für die Tochter fand er nichts. Denn sie war die einzige, die sich einen echten Unsinn gewünscht hatte, und echten Unsinn gab es damals nicht zu kaufen.

Als der Handelsmann auf dem Heimweg war, kam er durch einen wilden Olivenhain, und da stand auf einmal ein Mann vor ihm, an sich gutaussehend, nicht übertrieben gutaussehend freilich, aber passabel, nur – er hatte einen grünen Bart.

»Bistdugscheit!« rief der Handelsmann, »bist du etwa der elende Grünbart?«

»Wie«, fragte der Fremde dagegen, und dieses eine Wörtlein klang so scharf, daß der Handelsmann schnell korrigierte: »Der edle Grünbart, meine ich.«

»Ja, der bin ich«, sagte der Fremde. »Hast du mir etwas mitzuteilen?«

Und wieder war das Gesagte in einem solchen Ton gehalten, daß dem Handelsmann nichts anderes einfiel als die unverstellte, unverwitzte Wahrheit: »Meine Tochter«, sagte er, »läßt dir ausrichten, daß die Rosen reif sind.«

»Aha«, sagte der Grünbart, »dann sag du ihr, ich warte hier an dieser Stelle auf sie.«

Als der Handelsmann zu Hause ankam, hatte er jede Albernheit verloren, war ausgestoßen aus der verkehrten Welt, und sein Hirn und Herz waren leer von Späßen.

»Hier der Schal, wie gewünscht«, sagte er mit trauriger Stimme zu seiner Frau. »Hier das Gewehr, wie begehrt«, zu seinem Sohn. Und zur Tochter sagte er: »Du sollst hinausgehen in den Wald, dort wo sich in einem Kreis schwarze und grüne Oliven abwechseln, dort wartet der edle Grünbart auf dich.

»Was denn«, sagte die Tochter, »hab ich nicht vom elenden Grünbart gesprochen? Wo ist denn dein Spaß geblieben, Vater?«

»Weiß nicht«, sagte der Handelsmann. »Aber ich rate dir, laß den Grünbart nicht warten. Er hat so eine Art, bestimmte Wörter auszusprechen, daß einem das Blut gefriert mitten im geliebten Spanien.«

Also machte sich die Tochter auf den Weg, und sie fand den Grünbart, und sie sagte: »Bist du der elende Grünbart?«

Und er fragte dagegen: »Wie?«

Da erschrak sie und verbesserte sich: »Ich meinte doch den edlen Grünbart.«

»Ja, der bin ich«, sagte er, und bald darauf heirateten sie, und wieder bald darauf brachte sie einen Sohn zur Welt.

Und immer fürchtete sich die junge Mutter vor ihrem Mann. Aber der hat ihr nie etwas angetan, hat sie im Gegenteil gestreichelt, hat ihr Rosen gebracht, hat gesagt: »Schau, die Rosen sind reif.« War immer gut, hat das Kind geschckelt und gebudelt, genau so, wie man sich den besten Papa vorstellt. Und doch: Sie fürchtete sich vor ihm. Und warum? Eben weil er bei allem, was er sagte, ein Wörtchen fand, das er so scharf auszusprechen verstand, daß einem, genau wie der Vater gesagt hatte, das Blut gefror mitten im geliebten Spanien.

»Ach«, sagte sie eines Tages, »könnte ich nicht meine Familie besuchen und dir derweil das Kind lassen?«

»Aber gern«, sagte der Grünbart, und er sprach das »gern« so schneidend, so vernichtend aus, daß der Frau graute. Und als sie allein auf dem Pferd in Richtung nach Hause ritt, da bohrte und drehte und raspelte ein Gedanke in ihrem Kopf, nämlich: Was hat dieses böse »gern« bedeutet? Was hat dieses böse »gern« nur bedeutet? Und sie kam zur Auffassung, es hat bedeutet: Gut, wenn du weggehst, dann kann ich dein Kind endlich so grausam quälen, wie ich es immer schon wollte.

Und noch war sie nicht zu Hause, da war dieser Gedanke ins Himalayahafte gewachsen, und gleichzeitig waren ihre Muttergefühle ins Amazonashafte angeschwollen, so daß sie das Pferd herumriß und zurückgaloppierte, unterwegs einen Knüppel besorgte, und am Ende brach sie schreiend in das Haus ein, sah, wie sich der Grünbart über die Wiege beugte, und erschlug ihn.

Diese Geschichte hat man in Spanien erzählt – so oder so ähnlich.

Männer, die sich nicht rasieren

»Bitte, setzen Sie sich«, sagte Herr Pietzsch zu Rita und mir, »Sie hierher auf die Bank, und Sie hierher auf diesen Stuhl.«

Er flüsterte. Ich kannte ihn zu gut. Ich ließ mich nicht täuschen. Herr Pietzsch hatte keine Geheimnisse zu verteilen, und seine Augen sahen kalt aus wie Stein, aber Herr Pietzsch war kein kalter Mann, und er war kein geheimnisvoller Mann. Er hatte in seinem nun bald siebzigjährigen Leben gelernt, damit umzugehen, daß er für kalt und geheimnisvoll gehalten wurde; und er hatte gelernt, sich ein wenig kalt und geheimnisvoll zu geben, um seine Mitmenschen nicht zu enttäuschen.

Rita mochte ihn nicht. Sie meinte, Herr Pietzsch spiele nur den, der wisse, daß er für kalt und geheimnisvoll gehalten werde, es aber nicht sei, ja, er spiele das nur, meinte sie, in Wirklichkeit aber sei er eben doch kalt und geheimnisvoll. Rita mochte ihn nicht. Aber seine Geschichten mochte sie.

»Ein Dorf«, sagte Herr Pietzsch, »stellen Sie sich ein kleines Dorf vor, übersichtlich, gemütlich, wie im Fernsehen. Da lebt und arbeitet ein Friseur, und dieser Friseur hat einen Freund, und dieser Freund kommt eines Tages in den Laden und sagt: So, heute ist mir danach zu wetten. Willst du mit mir eine Wette halten?

Will ich, sagt der Friseur, worum geht es?

Also, sagt der Freund, nehmen wir an, du rasierst eine Woche lang jeden Mann in unserem Dorf, der sich selber nicht rasiert.

Kein Problem, sagt der Friseur.

Gut, sagt der Freund, aber sonst darfst du keinen Mann rasieren, nur jene, die sich selber nicht rasieren.

Kein Problem, sagt der Friseur. Ist das deine Wette?

Das ist die Wette, sagt der Freund.

Eine Woche vergeht, da kommt der Freund wieder in den Laden. Was ist mit unserer Wette, fragt er.

Kein Problem, sagt der Friseur.

Aha, sagt der Freund, du hast also alle Männer des Dorfes rasiert, die sich selber nicht rasiert haben.

Habe ich, sagt der Friseur.

Und, fragt der Freund, hast du dich selber rasiert oder nicht?«

Herr Pietzsch schwieg und blickte einmal in meine, dann in Ritas Augen.

»Und was?« sagte Rita. »Hat er?«

»Hat er?« fragte Herr Pietzsch zurück.

»Er hat natürlich nicht«, sagte Rita. »Wenn er sich selber rasiert hätte, wäre er ja einer, der sich selber rasiert, und dann dürfte er sich nicht rasieren.«

»Aha«, sagte Herr Pietzsch. »Aber wenn er sich selber nicht rasiert, dann ist ja er einer, der sich selber nicht rasiert, und dann müßte er sich rasieren. Es geht sich nicht aus. Ich finde das großartig! Es geht sich einfach nicht aus! Der Friseur kann machen, was er will, er ist immer dran. Keine Ahnung, worum die beiden gewettet haben. Aber der Friseur muß brennen. Auf jeden Fall. Ein Hund, dieser Freund, finden Sie nicht auch?«

»Ein Schwein«, sagte Rita.

»Hinter dieser Geschichte steckt eine andere Geschichte«, sagte Herr Pietzsch. »Der Mathematiker Gottlob Frege – 1848 geboren, 1925 gestorben – ist über diesem Rätsel verzweifelt. Herr Frege war ein untadeliger Mann, und er arbeitete an einem großen Werk, und dieses Werk bedeutete für ihn das Leben und das Glück. Es hatte den Titel *Grundgesetz der Arithmetik*, und es sollte mehrere Bände umfassen. Darin kämpfte er um den Zahlenbegriff. Er erfand den

Begriff der Anzahl oder richtig gesagt, er definierte den Begriff Anzahl neu als Klasse von gleichmächtigen Klassen. Es war ein gewaltiges Ringen, sage ich Ihnen. Die Mengenlehre war noch an ihrem archaischen Beginn. Es wird erzählt, Herr Frege habe an kühlen Herbstabenden in den Himmel geblickt und ausgerufen: Mein Gott, wie schön ist das alles! Und habe die Zahlen gemeint und die Mengen, eben seine Begriffe. Manche meinen, Herr Frege sei der letzte gewesen, der in Zahlen noch Freunde habe sehen können. – Schluß der Schnulze!

Es tritt Herr Bertrand Russell auf, ebenfalls Mathematiker und Philosoph. Und der ist noch jung. Und was tut er? Er übt sich in Spielverderberei. Er schaut sich die Mengenlehre des Herrn Frege an und zieht eine Braue hoch. Und dann schreibt er dem Herrn Frege einen Brief. Und in diesem Brief erzählt Herr Russell von einem Friseur, der einen Freund hat, der ihn zu einer Wette überredet.

Und Herr Frege versteht sofort, was hinter diesem Rätsel steht, nämlich der Todesstoß gegen sein Lebenswerk. Übertragen wir das Rätsel nämlich in die herbstlichtklare Begrifflichkeit der Mathematik, dann heißt es: Enthält die Menge aller Mengen, die sich selbst nicht als Element enthalten, sich selbst?

Es ist die Wahrheit: Herr Frege fiel in zersetzende Depressionen. Tagelang habe er nicht ein Wort gesprochen. Wochenlang, monatelang sei er von Angstzuständen geplagt worden. Er, der nichts mehr liebte, als am Nachmittag spazierenzugehen, er habe das Haus nicht mehr verlassen. Er habe sich vor den Menschen gefürchtet. Glaubte er, die Menschheit hasse ihn, weil er seinen Glauben, seine Liebe, seine Hoffnung auf eine Antinomie gegründet hatte? Er glaubte, die Menschheit und alle beseelten Elemente der Schöpfung verachteten ihn, verlachten ihn.

Herr Frege hatte ein großartiges Werk geschaffen, aber es hatte nur den einen Wert, nämlich als Voraussetzung eines noch großartigeren Werkes zu dienen. Und nun«, sagte

Herr Pietzsch, »nun frage ich Sie: Was bitte können wir aus dieser Geschichte lernen?«

»Nichts«, sagte ich schnell, »nichts, wie üblich.«

»Sehr gut«, sagte Herr Pietzsch.

Rita und ich spielten eine schlampige Partie Billard.

»Ich kann sie beide nicht leiden«, sagte sie.

»Wen«, fragte ich.

»Herrn Pietzsch und auch Herrn Frege nicht.«

»Oh!« sagte ich, »ich hätte gewettet, daß du Bertrand Russell nicht leiden kannst, Rita.«

Aber Rita blieb dabei. »Ich stelle mir vor, dieser Herr Frege sah aus, wie Herr Pietzsch aussieht. Findest du es nicht fast unanständig, wie babyglatt seine Wangen rasiert sind? Mir graust davor.«

In einem Wiener Kaffeehaus ist mir diese Geschichte erzählt worden – so oder so ähnlich.

Hans und Lore

In Antwerpen lebten ein Mann und eine Frau, beide vierzig – das ist wichtig für die Geschichte. Die Liebe der beiden war sprichwörtlich in der Stadt. Wenn einer zum Ausdruck bringen wollte, er sei über alle Maßen treu, dann sagte er schlicht: »Treu wie der Hans Peters.« Und wenn eine treu sein wollte, dann sagte sie: »Treu wie die Lore Peters.« Damit war in Antwerpen alles gesagt.

Dann starb die Frau. Mit vierzig. Das kam wie aus heiterem Himmel. Wie der Tod eben kommt. Sie saß bei Tisch, Frühstück, da fiel ihr der Kopf vor, die Stirn sauste in die Haferflocken. Aus.

Der Hans Peters war wie vom Donner gerührt, und zwei Tage lang ignorierte er den Tod seiner Frau einfach. Er verließ das Zimmer und kam und ging wieder und sprach zu ihr und tat, als bekäme er Antwort.

Dann sah er es ein.

Aber inzwischen hatte er sich an die Anwesenheit der Toten gewöhnt und wollte sie nicht hergeben, schon gar nicht wollte er sie begraben. Er salbte den Leichnam, damit er nicht zerfiel und verfaulte, und setzte ihn neben sich an den Tisch und legte ihn in der Nacht neben sich ins Bett.

Das sprach sich herum. Der Diener hat es weitererzählt. Da rückten die Leute vom Hans Peters ab, auch die Freunde, auch die Verwandten. Geschnitten wurde er. Beim Kaufmann bekam er nichts mehr zu essen, im Bus ließ man ihn nicht hinsetzen. Antwerpen wollte von seinem sprichwörtlichen Hans Peters nichts mehr wissen.

Da zog er nach Brüssel mit seiner Frau, der toten. Dort war es besser.

Aber immer mußte er weinen. Jede Nacht vor dem Einschlafen weinte er und flehte zu Gott. Nicht ein einziges Mal fluchte er zu Gott. Das ist bei Leuten in seiner Situation sehr selten. Das wußte Gott. Er schickte einen Engel.

Der Engel sagte zum Hans Peters: »Die Jahre deiner Frau waren gezählt, daran läßt sich nicht rütteln. Sie sollte nur vierzig Jahre alt werden, das ist ihr sozusagen in die Geburt gelegt worden. Aber ...«

»Aber?« fragte der Hans Peters.

»Aber«, sagte der Engel, »es gibt eine Möglichkeit.«

»Welche, bitte?«

»Wenn du ihr zwanzig Jahre von deinem Leben gibst, dann lebt sie noch zwanzig Jahre.«

»Alles gebe ich«, rief Hans Peters der Lichtgestalt zu, die er gar nicht anschauen konnte, so sehr blendete sie ihn.

»Aber«, sagte der Engel, »ich mache dich auf Folgendes aufmerksam: Das bedeutet, du bist mit einem Schlag sechzig, und sie ist zwanzig. Das könnte zu Problemen führen!«

»Alles soll sein, wenn sie nur lebt«, sagte Hans Peters.

Und da erwachte die Frau. Wie ein Erwachen war es, was in Wirklichkeit ein Wunder war. Und Hans Peters sah, wie jung seine Lore war, wie frisch, so jung, wie er sie nie gekannt hatte.

Und er? Er sah es im Spiegel. Ein alter Mann, fast ein Greis, weißhaarig, stinkgaumig, mümelnd ein bißchen. Jesusmaria!

Die Lore Peters hatte keine Freude mehr an ihrem Mann. Es ist nicht möglich, das anders zu formulieren, irgendwie netter, nein, das ist nicht möglich. Eine Zwanzigjährige und ein Sechzigjähriger! Sie war unglücklich wie eine Tote, nur mit dem Unterschied, daß eine Tote nicht weiß, daß sie unglücklich ist.

Und dann war Tanz in der Stadt. Und Lore wollte tanzen. Hans sagte: »Muß das sein, muß das sein, das Kreuz tut mir weh, das Kreuz tut mir weh.«

Sie sagte: »Mußt du denn alles doppelt sagen!«

Sie ging allein zum Tanz. Und sie tanzte. Und wie sie tanzte. Und tanzte mit einem Jungen davon. Auf und davon. Kam nicht heim in der Nacht.

Der Hans stand am Fenster und wartete. Und weinte wieder. Aber wenn ein Sechzigjähriger um eine Zwanzigjährige weint, die weder seine Tochter noch seine Enkelin ist, dann erbarmt das niemanden, auch nicht Gott und seine Engel.

Und am nächsten Tag kam ein Briefchen von Lore. »Bin fort«, hieß es da bündig.

Halt! Einer erbarmt sich doch der alten Liebeskranken. Der da unten. Und so wie der-da-oben einen Engel schickte, schickte der-da-unten einen Teufel.

»Was kann ich tun?« fragte der Schwarze.

»Alles rückgängig machen«, sagte der Hans Peters. »Alles, nur eines nicht.«

»Was?«

»Das, was ich weiß, soll in meinem Kopf bleiben. Dafür gebe ich meine Seele.«

Es tat einen Schlag, und der Hans und die Lore saßen wieder bei dem besagten Frühstück in Antwerpen. Beide vierzig Jahre alt, der sprichwörtliche Hans und die sprichwörtliche Lore, das sprichwörtliche Ehepaar Peters.

»Hast du gut geschlafen, mein Liebling?« fragte Lore.

»Ja, mein Liebling«, sagte Hans. – Wir wissen, was er dabei dachte, Lore wußte es nicht.

»Darf ich dir ein Butterbrot mit Käse und einer Tomatenscheibe darauf machen, mein Liebling?« fragte Lore.

»Gern, mein Liebling«, sagte Hans.

»Ach, würdest du das scharfe Messer aus der Küche holen, mein Liebling«, sagte Lore.

»Gern, mein Liebling«, sagte Hans.

Er ging in die Küche, nahm das Messer, aber nicht das Brotmesser, sondern das Fleischmesser. Um die Erzählung kurz und jugendfrei zu halten: Hans brachte seine Lore mit diesem Messer ums Leben. Da fiel ihr der Kopf vor, die Stirn sauste in die Haferflocken.

Hans zog nach dieser Sache von Antwerpen fort, er zog nach Brüssel, hieß es. Nach zwanzig Jahren starb er. Wir wissen, wo er landete. Wir wissen es, stimmts?

In Belgien hat man diese Geschichte erzählt – so oder so ähnlich.

Messer im Kopf

Mein erstes Messer hat sechzehn Schilling gekostet. Der Griff war aus Plastik, geformt und gefärbt wie Hirschhorn, die Klinge steckte in einer Kunstlederhülle. Es war das billigste Messer in der Auslage der Firma Collini, dem interessantesten Geschäft in unserem Dorf. Das Geld habe ich aus der eisernen Reserve meiner Mutter genommen. Die eiserne Reserve bestand aus einer Rolle Banknoten, die in einer Pralinenschachtel im Nachttisch meiner Mutter aufbewahrt war. Wenn meine Mutter von ihrer eisernen Reserve sprach, dann klang das so, als handelte es sich dabei um ein Körperteil, um einen Höcker wie beim Kamel. Ich weiß nicht, was hätte passieren müssen, damit dieses Geld offiziell angetastet worden wäre. Eine Zwanzig-Schilling-Note nahm ich. Münzen hatten in der eisernen Reserve nichts verloren. Die restlichen vier Schilling wollte ich auf andere Art verprassen. Es war mehr als Klauen, es war mehr als Diebstahl, es war eine Verletzung. Zu jener Zeit liebte ich niemanden mehr als meine Mutter.

Zu meiner Entlastung muß ich von der Auslage der Firma Collini erzählen: Es war im Grunde ein biederes Besteckgeschäft, Messer, Gabel, Löffel für den Eßtisch, aber im Schaufenster wurde fast nur Wildes gezeigt: Stiletts, Wurfmesser, Springmesser, Dolche, Schweizer Offiziersmesser mit dreißig und mehr Klingen, Macheten, Bowiemesser. Das Geschäft lag auf meinem Schulweg. Ich verließ täglich zehn Minuten früher das Haus, nur um zehn Minuten vor dem Schaufenster der Firma Collini zu stehen. Und ich war nicht der einzige, der da stand. An manchen Tagen drängten sich die Buben zweireihig davor. Manche sprachen von nichts anderem als von den bunten Wurfmessern mit den breiten Doppelklingen und dem Griff aus Metall. Andere versicherten, mit der Luxusausführung des Schweizer Offiziersmessers könne man ebenso am Polarkreis wie am Äquator überleben. Einer war da, ein Südtiroler, den interessierte nur das Springmesser, ein harmlos graues Ding mit einem Metallknopf an der Seite.

»Bei Knopfdruck springt die Klinge heraus«, berichtete er, »bei Knopfdruck verschwindet sie wieder.«

Mit dem Südtiroler befreundete ich mich. Wir hatten nur Messer im Kopf. Aber weder er noch ich besaßen eines. Er wußte alles über Messer. Er tat, als wäre sein rechter Zeigefinger eine Messerklinge und legte ihn auf die linke Handfläche. Unter achtzehn, sagte er, dürfe die Klinge nicht über die Handfläche hinausragen, sonst mache man sich strafbar. Ich hatte kleine Hände. Ich hätte mir nur ein läppisches Messerchen kaufen dürfen.

Ich beschloß zu stehlen und zu lügen. Ich stahl den Zwanziger aus der Pralinenschachtel und betrat eines Nachmittags den Laden der Firma Collini. Eine Dame mittleren Alters stand hinter dem Ladentisch.

»Sie haben da ein Messer für sechzehn Schilling im Schaufenster«, sagte ich schnell, »das möchte ich gern, es ist aber nicht für mich, es ist für meinen Onkel, der vierzig Jahre alt ist und in Deutschland wohnt und dort in einem Geschäft arbeitet, in dem man alles kaufen kann, was mit Autos zu tun hat, und der hat genug von seiner Arbeit, und er hat sich vorgenommen, nach Australien auszuwandern und dort eine Farm aufzumachen, in der er Pelztiere züchten möchte, die er dann zu uns nach Europa schickt, vor allem nach Deutschland, vor allem nach Karlsruhe, wo er wohnt, damit die in Deutschland, vor allem die in Karlsruhe, die ihn in seiner jetzigen Arbeit so ärgern, endlich einsehen, was sie an ihm verloren haben und in sich gehen und vielleicht einen Brief nach Australien schreiben, in dem sie ihn um Verzeihung bitten und bitten, er solle wieder zurück zu ihnen kommen, man biete ihm auch den obersten Posten an, diesem Onkel eben möchte ich das Messer zu Weihnachten schenken, es ist nicht für mich.«

»Das ist doch mir wurscht«, sagte die Frau und gab mir das Messer. Eigentlich war ich empört.

Die Klinge ragte mindestens fünf Zentimeter über meine Handfläche hinaus. Das heißt, genau habe ich das gar nicht abgemessen. Ich habe nämlich das Messer gar nicht aus seiner Hülle gezogen. Ich legte das Messer samt Hülle auf meine Hand. Ich war ein Verbrecher.

Ich steckte das Messer in meinen Ärmel, ging langsam heimwärts, bewußt langsam, bewußt unauffällig langsam.

Ich kam an einem Fußballplatz vorbei. Buben riefen mir zu, ich solle mitspielen. Ich wollte nicht auffallen und spielte mit. Wurde gefragt: »Warum bist du so komisch?« Sagte, ich hätte meinen Unterarm verstaucht. Hielt nämlich beim Spielen das Messer unter dem Jackenärmel fest.

Was sollte ich mit dem Messer tun?

Was sollte ich mit dem Messer tun? Wir hatten einen Gerümpelkeller zu Hause. Meine Eltern räumten nicht gern auf, bei uns war immer ein Saustall. Ich versteckte das Messer im unzugänglichsten Winkel, wo Rattenkot und schimmlige Kartoffelsäcke lagen. Ich wickelte es in Zeitungspapier. Die restlichen vier Schillinge warf ich in den Gulli vor unserem Haus.

Dann wollte es der Teufel, daß mein Vater einen Anfall bekam. Er räumte den Keller auf, bockte, fluchte, war ungut und tyrannisierte und fand das Messer. Er hielt es mit der Hülle in der Hand. Ich sah, daß die Klinge auch über seine Hand ragen würde.

»Woher hast du diesen Blödsinn?«

»Das Messer gehört dem Südtiroler«, sagte ich.

»Dann bring es ihm zurück und sag ihm, er soll sich hier nicht mehr blicken lassen!«

Ich warf es beim Bahndamm in die Brennesseln. Die Klinge hatte ich nie gesehen.

Den Südtiroler fragte ich: »Warum seid ihr überhaupt hierher gekommen?«

Er sagte: »Denen dort unten tut es schon lang leid, daß sie uns einfach so haben ziehen lassen.«

»Woher weißt du das?« fragte ich.

»Ich weiß es nicht«, sagte er. »Aber mein Vater weiß es. Er merkt es. Und der Freund von meinem Vater, der mit ihm hierhergekommen ist, der merkt es auch.«

Der Mantel

Der Vater lebte allein mit seiner Tochter. Wo war die Mutter? Keine Ahnung. War sie gestorben? Keine Ahnung. Manche behaupteten, sie sei ermordet worden. Und manche behaupteten, sie sei von ihrem Mann ermordet worden.

Der Vater lebte allein mit seiner Tochter, und er wollte nicht, daß sie das Haus verließ. Aber natürlich verließ sie das Haus. Sie war ein fröhliches Kind, und sie ging ihrer eigenen Wege. Sie ließ sich nur wenig von ihrem Vater erziehen.

Immer am Abend fragte der Vater: »Wo ist meine Tochter?«

Und er bekam zur Antwort: »Sie ist draußen bei den Flüssen.«

Das Land, in dem die beiden lebten, war von drei Flüssen durchzogen.

Und der Vater fragte: »Was machst du bei den Flüssen?«

»Ich rede mit ihnen«, sagte die Tochter. »Ich rede mit ihnen, und sie reden mit mir. Wenn ich mir keinen Rat mehr weiß oder wenn ich nicht weiß, wie ich den Tag hinter mich bringen soll, dann frage ich die Flüsse. Sie geben mir einen Rat, und sie sagen mir, wie ich den Tag hinter mich bringen soll.«

Der Vater sagte: »Nein. Wenn du etwas nicht weißt, dann komm zu mir!«

Aber die Tochter ging weiter zu den Flüssen.

Und dann war sie achtzehn Jahre alt, und sie war die Schönste im ganzen Land. Und sie sagte: »Vater, es könnte sein, daß ich mir jemanden suche, den ich dann heiraten will.«

Und der Vater sagte: »Das muß aber ein guter Mann sein!«

Und sie sagte: »Ja, es wäre nicht schlecht, wenn es ein guter Mann ist.«

Und er sagte: »Nein, nein! Es muß in sehr guter Mann sein! Darauf werde ich achtgeben!«

Und sie sagte: »Mir genügt es, wenn er einfach nur gut ist.«

Ohne daß es die Tochter wußte, verfaßte der Vater eine Ausschreibung:

»Wer meine schöne Tochter haben will, der soll sich melden!«

Und es meldeten sich Männer. Viele Männer meldeten sich. Drei Männer kamen in die engere Auswahl.

Der erste war ein Geiger, der zweite war ein Baumeister, der dritte war ein Dichter.

Der Vater hatte im Zimmer seiner Tochter einen Spiegel einbauen lassen, einen tauben Spiegel. Von außen konnte man durch den Spiegel hindurchsehen, im Zimmer der Tochter aber konnte man sich nur selbst im Spiegel sehen. Hinter dem Spiegel konnte man verstehen, was vor dem Spiegel gesprochen wurde. Aber vor dem Spiegel konnte man nicht verstehen, was hinter dem Spiegel gesprochen wurde.

Der Vater zeigte dem Geiger, dem Baumeister und dem Dichter seine Tochter, und die Tochter wußte es nicht.

»Da seht sie euch an!« sagte der Vater. »Was haltet ihr von ihr?«

Der Geiger sagte: »Wunderschön ist sie! Schon nach dem ersten Blick liebe ich sie. Und ich werde sie noch mehr lieben, wenn ich sie erst kennengelernt habe ...«

Der Vater unterbrach ihn: »Sag mir doch, wie sehr du sie liebst!«

Und der Geiger dachte nach und druckste herum, weil ihm zuerst nichts einfiel. Dann sagte er: »Ich liebe sie, wie ich das Abendrot im Frühling liebe, wenn es über der

Araltankstelle erstrahlt. Mehr liebe ich eigentlich nichts auf der Welt.«

»Das ist mir zu wenig«, sagte der Vater. »Liebst du sie mehr als dein Leben? Das will ich wissen.«

»Mehr als mein Leben? Natürlich liebe ich sie mehr als mein Leben«, sagte der Geiger.

»Würdest du für sie sterben?«

»Ja, das würde ich.«

»Und wie kann ich das wissen?« fragte der Vater.

»In meiner Musik«, sagte der Geiger, »in meiner Musik kann ich es darstellen. Ich kann so spielen, daß du es weißt.«

»Gut«, sagte der Vater.

Dann fragte er den Baumeister.

Und auch der Baumeister sagte: »Ich liebe deine Tochter. Und ich werde sie noch viel mehr lieben, wenn ich sie erst kenne.«

»Wie sehr liebst du sie?«

»Siehst du«, sagte der Baumeister. »Ich bin ein Jogger. Ich laufe täglich vier Stunden. Das Schönste, was es für mich gibt, ist der erste Schluck Wasser, wenn ich nach dem Laufen nach Hause komme. Und so sehr, glaube ich, liebe ich deine Tochter, wie diesen ersten Schluck Wasser.«

»Das genügt mir nicht. Liebst du sie mehr als dein Leben? Würdest du für meine Tochter sterben?«

»Das würde ich. Ja«, sagte der Baumeister.

»Wie willst du mir das beweisen?«

»Ich kann einen Palast bauen«, sagte der Baumeister. »Der wird so wunderbar sein, daß du dann weißt, daß ich deine Tochter mehr liebe als mein Leben. »

»Dann bau diesen Palast«, sagte der Vater.

Dann war der Dichter an der Reihe.

Der Dichter sagte: »Ich liebe nichts mehr als den Schlaf am Morgen, die letzte Viertelstunde, bevor ich aufwache. Und so sehr liebe ich deine Tochter. Und außerdem liebe ich sie mehr als mein Leben. Und ich werde es dir beweisen mit einem Gedicht.«

»Dann schreib dein Gedicht«, sagte der Vater.

Dann rief der Vater die Nachbarn zusammen und sagte zum Geiger: »Spiel nun dein Lied!« Und zum Baumeister sagte er: »Zeig uns nun deinen Palast!« Und zum Dichter sagte er: »Trag uns nun dein Gedicht vor!«

Und das war dann so.

Und hinterher fragte der Vater die Nachbarn: »Ihr habt es gehört, ihr habt es gesehen. Was habt ihr gehört, was habt ihr gesehen?«

Und die Nachbarn sagten: »Ein schönes Geigenspiel haben wir gehört, einen schönen Palast haben wir gesehen, ein schönes Gedicht ist uns vorgetragen worden.«

»Und sonst nichts?« fragte der Vater.

»Was denn noch?« wurde er gefragt.

»Habt ihr nicht gehört und nicht gesehen, daß der Geiger, der Baumeister und der Dichter meine Tochter mehr lieben als ihr Leben? Daß sie bereit sind, für sie zu sterben? Habt ihr das nicht gehört, nicht gesehen?«

Da waren die Nachbarn verlegen. »Nein«, sagten sie, »mit dem besten Willen, das haben wir nicht gehört und nicht gesehen.«

»Schade«, sagte der Vater, »schade.«

Und zu den drei Männern sagte er: »Es gibt nur eine Möglichkeit, wie ihr euere Liebe beweisen könnt.«

Er tötete sie.

Eines Tages kam die Tochter mit einem jungen Mann daher. Und dieser junge Mann konnte nicht Geige spielen, und ein Haus bauen konnte er auch nicht, und ein Gedicht schreiben schon gar nicht. Er war auch nicht schön. Er war auch nicht klug.

Die Tochter sagte: »Vater, ich glaube, ich liebe diesen da. Ich will mit ihm gehen, und vielleicht werde ich ihn heiraten.«

Der Vater sah ihn an und sagte: »Du also! Und du liebst meine Tochter?«

Und der junge Mann sagte: »Ja. Durchaus. Ich liebe sie. Doch. Ich will zumindest, wenn sie friert, sie wärmen. Und wenn die Sonne brennt, dann will ich ihr Schatten geben. Und vor den wilden Tieren will ich sie beschützen.«

»Nein, nein«, sagte der Vater. »Nein, nein. Ich will wissen, ob du sie mehr liebst als dein Leben. Ob du für sie sterben würdest.«

»Das würde ich nicht«, sagte der junge Mann. »Ich möchte für niemanden sterben. Darum.«

»Dann bekommst du meine Tochter aber nicht«, sagte der Vater.

»O doch«, sagte die Tochter. »Ich will ihn haben!«

Die Tochter floh. Mit dem Pferd des Vaters floh sie. Und ihr Bräutigam saß hinter ihr.

Da geriet der Vater außer sich vor Wut.

Er geriet außer sich vor Wut, und das war so: Er löste sich in Luft auf. Er war Luft. Durchsichtig. Schnell wie der Wind. Und mit dem Wind flog er seiner Tochter und ihrem Geliebten nach.

Als er sie erreicht hatte, ließ er sich von seiner Tochter einatmen. Und nun war er in ihr.

Da waren die Tochter und ihr Geliebter gerade beim ersten Fluß angekommen.

Da kroch der Vater in die Augen der Tochter. Und aus ihren Augen heraus blickte er auf ihren Geliebten, und er sagte: »Was? Diesen Mann hier soll ich ein Leben lang anschauen? Nein!«

Und zum Fluß sagten die Augen: »Fluß, mach aus deinem Wasser Blut!«

Und der Fluß, der sagte: »Das ist nicht gut. Aber weil du immer gut mit mir geredet hast, tue ich es für dich.« Denn der Fluß meinte ja, die Tochter spricht.

Und der Fluß verwandelte sein Wasser in Blut.

Als die Tochter den Fuß in den Fluß setzte, wich das Blut zurück, und sie kam trocken am anderen Ufer an. Aber als ihr Liebster in den Fluß stieg, floß das Blut zurück, und er mußte durch das Blut schwimmen, und er war voll Blut, als er drüben ankam.

Und weiter ging die Flucht. Und sie erreichten den zweiten Fluß. Und dort schlüpfte der Vater, der ja als Luft in seiner Tochter war, in ihre Arme.

Sie wollte gerade ihren Liebsten umarmen, da sagten die Arme: »Was? Den da, der so häßlich ist von verkrustetem Blut, den sollen wir ein Leben lang umarmen? Nein!«

Und zum Fluß sagten die Arme: »Fluß, mach aus deinem Wasser heißes Blei!«

Und der Fluß, der sagte: »Das ist nicht gut. Aber weil du immer gut mit mir geredet hast, tue ich es für dich.« Denn der Fluß meinte ja, die Tochter spricht.

Und der Fluß verwandelte sein Wasser in heißes Blei.

Als die Tochter den Fuß in den Fluß setzte, wich das heiße Blei zurück, und sie kam unversehrt am anderen Ufer an. Aber als ihr Liebster in den Fluß stieg, füllte sich sein Bett mit Blei, und er mußte durch das Blei waten, und er war schrecklich verbrüht, als er drüben ankam.

Und weiter ging die Flucht. Und sie erreichten den dritten Fluß. Und dort schlüpfte der Vater, der ja als Luft in seiner Tochter war, in ihren Mund.

Und der Mund der Tochter sagte: »Was? Den da? Der von Blut verkrustet ist und von Blei verbrüht, den da soll ich ein Leben lang küssen? Nein!«

Und zum Fluß sagte der Mund: »Fluß, mach aus deinem Wasser Messer«

Und der Fluß, der sagte: »Das ist nicht gut. Aber weil du immer gut mit mir geredet hast, tue ich es für dich.« Denn der Fluß meinte ja, die Tochter spricht.

Und der Fluß verwandelte sein Wasser in scharfe Messer.

Als die Tochter den Fuß in den Fluß setzte, wichen die Messer zurück, und sie kam unverletzt am anderen Ufer an. Aber als ihr Liebster in den Fluß stieg, schossen die Messer zurück, und er war grausam verwundet, als er drüben ankam.

Und er konnte sich kaum noch bewegen, und er sagte zu seiner Liebsten: »Jetzt muß ich wohl doch für dich sterben.«

Und die Tochter sagte: »Nein, ich werde dich gesund pflegen. Ich liebe dich.«

Da geriet der Vater abermals außer sich vor Wut, und das bewirkte, daß er sich abermals verwandelte, nun wieder zurück in seine menschliche Gestalt.

Da stand er vor den beiden.

Und da zog er einen Pfeil aus seinem Köcher, spannte ihn in seinen Bogen. Er wollte seine Tochter erschießen. Aber der junge Mann, ihr Liebster, der warf sich mit letzter Kraft vor sie, und der Pfeil durchbohrte sein Herz.

Er umschlang ihren Hals. Sie hob ihn auf das Pferd und ritt mit ihm davon. Seine Hände lösten sich nicht voneinander. Er blieb am Hals seiner Geliebten hängen, so starb er.

Die Tochter ritt in die Welt hinaus.

Aus der Tochter war eine wilde Jägerin geworden. Ihr Geliebter hing immer noch an ihrem Hals. Seine Haut war getrocknet von der Sonne, die Knochen waren gebrochen. Er war leicht geworden, er wehte hinter ihr her wie ein Mantel. Wenn es kalt war, wärmte er sie. Wenn die Sonne brannte, dann gab er ihr Schatten. Und vor den wilden Tiere in der Nacht schützte er sie.

Schließlich kam die Tochter zu den Feinden ihres Vaters. Sie stellte sich an die Spitze des Heeres. Die Generalin wurde sie genannt.

Der große Krieg der Generalin. Der Krieg der Tochter gegen den Vater.

Alle Soldaten fielen. Auf beiden Seiten. Nur die Tochter blieb unverletzt, weil ihr Mantel sie schützte.

Endlich standen sich die Tochter und der Vater gegenüber.

»Ich könnte dich töten, wenn ich wollte«, sagte die Tochter. »Aber ich will es nicht.«

»Ich kann dich töten«, sagte der Vater, »und ich tu' es!«

Und er nahm seinen letzten Pfeil aus dem Köcher, legte ihn in den Bogen und schoß. Und der Pfeil drang durch ihren Mantel hindurch in ihr Herz. So war die Tochter auf ewig mit ihrem Geliebten verbunden.

Elende Herumtreiber haben diese Geschichte erzählt – so oder so ähnlich.

Des Teufels Vorbild

Als die Götter Griechenlands untergingen, drängte sich alle Welt um die Konkursmasse. Den größten Brocken nahmen sich die Römer, sie behaupteten, ihnen gehöre die Zukunft, und deshalb stehe ihnen auch die Vergangenheit zu.

Da waren aber auch zwei andere Interessenten, zwei ganz junge Gottheiten, die nichts mit den Römern zu tun hatten, Naseweise, unausgereift, bei denen noch nicht einmal feststand, ob sie sich überhaupt zu richtigen Gottheiten entwickeln würden.

Ich will es nicht spannend machen, es handelte sich um den Teufel und den Heiland.

Die beiden – damals noch völlig unbekannt und deshalb auch noch nicht gegeneinander im offenen Konkurrenzkampf – hielten sich bei dem Gepolter, das die Römer machten, im Hintergrund. Natürlich hat es ihnen jedesmal einen Stich gegeben, wenn wieder eine der großen alten Gottheiten Griechenlands unter den Hammer kam, und nicht sie den Zuschlag erhielten.

»Apoll schmerzt mich«, flüsterte der Heiland, »er hätte mir besonders gefallen. Aus ihm hätte ich ein zukünftiges Bild von mir bauen können.«

»So gings mir bei dem Kriegsgott Ares«, gab der Teufel zurück.

Das Erbe der Griechen wurde zerzaust, die Römer zogen ab mit ihrer Beute. Den Göttern gaben sie andere Namen, damit es nicht gar so auffällig wurde, daß sie sich alles nur zusammengeklaut hatten.

Am Ende war nur ein Gott übriggeblieben, nämlich Pan.

Der Gott Pan, das weiß jeder, sieht aus wie ein Ziegenbock. Für das Image einer Macht, wie die Römer eine sein wollten, konnte so ein Aussehen nicht reizvoll sein.

Da stand also der Gott Pan vor dem Heiland und dem Teufel und sagte: »Wer seid denn ihr?«

»Interessenten«, sagte der Teufel und gab dem Heiland Zeichen, er solle ihm die Konversation überlassen.

»Interessen wofür?« fragte Pan.

»Ganz generell«, hielt sich der Teufel allgemein. »Wir haben da so unsere Ideen für die Zukunft.«

»Die Zukunft«, rief Pan bitter, »die Zukunft gehört den Römern! Aus unserem schönen Olymp machen sie einen Trachtenverein! Was für eine Zukunft! Die Götter werden in ihrem Reich nur Staffage sein, bestenfalls Abzeichen der Macht. An sie glauben aber wird niemand.«

»Unsere Zukunft...«, begann der Heiland, aber der Teufel hielt ihm den Mund zu.

»Unsere Zukunft«, sagte der Teufel, »hat noch eine Weile Zeit. Aber eines ist jetzt schon klar: Mit einem Haufen ausrangierter Götter haben wir nichts im Sinn.«

»Sondern«, fragte Pan. Er war ein Ziegenbock, nicht mehr und nicht weniger. Aber so ohne weiteres warf er sich nicht einer neuen Religion an den Hals. Es hatte ihn abgestoßen mit ansehen zu müssen, wie sich seine Kollegen, allesamt höher als er, der neuen Macht angebiedert hatten.

»Sondern«, sagte der Teufel, »unsere Macht wird sich nur auf uns beide, auf ihn und auf mich stützen. Sonst brauchen wir niemanden.«

»Nur zwei?« meckerte der Ziegenbock.

Und der Teufel sagte: »Ja, nur zwei Götter hat die Welt der Zukunft nötig, einen bösen und einen guten ...«

»Was«, unterbrach ihn der Heiland. – Ich muß hier erwähnen, daß der Heiland noch nicht Heiland, und auch der Teufel noch nicht Teufel hieß. Sie hießen noch gar nicht, alles war noch am Anfang, eigentlich vor dem Anfang, und vor dem Anfang gibt es keine Namen, denn der Anfang beginnt erst mit den Namen. Nur damit man sich auskennt, gebe ich den beiden ihre späteren Namen – damit das klar ist.

Also der Heiland unterbrach den Teufel: »Was«, sagte er, »nur einen guten und einen bösen Gott soll es geben?«

»Ja«, zischte der Teufel und stieß ihn in die Seite und flüsterte so leise, daß es Pan nicht hörte: »Das habe ich mir gerade ausgedacht, wir müssen ihm unsere Sache irgendwie schmackhaft machen. Wenn wir ihn schließlich haben, können wir immer noch umdisponieren.«

»Du meinst, wir lügen ihn jetzt einfach an?« fragte der Heiland.

»Warum nicht«, sagte der Teufel. »Was spielt das für eine Rolle. Er ist ein Ziegenbock, nicht mehr und nicht weniger. Er ist nicht das Beste, was angeboten wurde. Aber er ist ein Gott.«

»Es wäre böse, ihn zu belügen«, sagte der Heiland.

»Gut« sagt der Teufel, »dann werde ich in Zukunft eben der Böse sein und du der Gute.«

So war das.

»He, ihr zwei«, unterbrach Pan das Geflüster. »Was wollt ihr eigentlich von mir?«

»Dein Image«, sagte der Teufel, »sonst nichts.«

»Und was krieg ich dafür?« fragte Pan, und als die beiden überrascht dreinschauten, lächelte er und sagte: »So haben Zeus gesprochen und Hera, Hermes und sogar Athene, allesamt eine göttliche Enttäuschung für mich. Aber was solls. Warum soll ich mich zieren. Also: Was schaut dabei für mich heraus?«

Diesmal war der Heiland schneller als der Teufel: »Von mir bekommst du ein gutes Herz«, sagte er. »Du wirst die Armen lieben, du wirst gerecht sein, du wirst barmherzig sein. Man wird dich lieben und zu dir beten, wenn man in der Not ist.«

Der Teufel aber sah, daß Pan tiefe Furchen in seinem Bocksgesicht hatte, und schon damals kannte der Teufel die

Übel alle, und er sah, daß es der kleine Gott mit der Verdauung hatte. »Von mir kriegst du einen guten Magen«, sagte darum der Teufel flott. »Du kannst alles essen, es wird dir nicht schaden. Du kannst die Oliven von den Bäumen knabbern und mitsamt den Kernen schlucken, und wenn es sein muß, kannst du Berge von Leichen vertilgen.«

Ja, der Teufel bekam den Zuschlag und sieht seither aus wie ein Bock.

In Griechenland hat man diese Geschichte erzählt und erzählt sie heute noch – so oder so ähnlich.

Der Song

In Hamburg lebte ein Mann, der nicht mehr leben wollte. Er war neunundvierzig Jahre alt, als es so weit war. Er war nicht arm, auch reich war er nicht, aber doch wohlhabend. Er besaß eine Dreizimmerwohnung in einem Wohnblock, die gehörte ihm. Schulden hatte er nicht. Die Fenster seines Wohnzimmers, seines Schlafzimmers und des leeren Gäste- oder Kinderzimmers zeigten auf den Parkplatz vor dem Block. Dort stand auch sein Wagen, ein Toyota. Der Parkplatz öffnete sich zur Straße, und auf der anderen Seite der Straße war ein Einkaufszentrum, in dem auch eine Pizzeria, ein Café und eine Eisdiele untergebracht waren. Immer wenn der Mann sich gut gefühlt hatte, hatte er ein paar frische Sachen angezogen und in der Pizzeria zu Abend gegessen.

Der Mann lebte allein. Er kannte wenige Menschen. Er kannte Arbeitskollegen. Er arbeitete in einem Betrieb, in dem Isolierstoffe erzeugt wurden. Dieser Betrieb unterhielt auch eine kleine Forschungsabteilung, und dieser Abteilung stand er vor. Er wollte allein leben.

Es war bekannt, daß er gern Musik hörte. Er habe, hieß es, eine sagenhafte CD-Sammlung. Gesehen hat diese Sammlung freilich niemand. Der Mann erzählte davon. Er war nicht einer, der kurz angebunden war, er erzählte gern, und er erzählte von sich, er war kein stilles Wasser. Seine Sammlung, erzählte er, umfasse mehrere tausend Exemplare. Seine Lieblinge waren Lou Reed, John Lee Hooker, Neil Young, Leo Kottke, Laurie Anderson, Robert Johnson, Mississippi John Hurt, Muddy Waters, Hank Williams, Eric

Clapton, Bob Dylan, Bruce Springsteen, Jimi Hendrix, Stevie Ray Vaughan, Woody Guthrie, Lester Young, Billie Holiday, Ry Cooder, The Beatles, Lightnin' Hopkins, Taj Mahal und ein paar andere.

Und dann wollte er nicht mehr leben.

Er kündigte seinen Job. Er sagte, er wolle wegziehen, in die Südsee, einfach hinaus. Oder nach Bali. Alle konnten ihn verstehen. Man dachte sich: Ja, klar, wenn ich in seiner Situation wäre, warum nicht? Die Wohnung, sagte er, werde er behalten, die laufenden Zahlungen lasse er von seinem Konto abbuchen, er habe sich einiges gespart. Natürlich hatte er sich einiges gespart. Alleinstehend, gut verdienend, ohne arg kostspielige Hobbys oder Laster. Er mußte sich einiges gespart haben.

Er gab in der Kantine des Betriebs ein kleines Fest, ein Abschiedsfest. Er werde Ansichtskarten schreiben, sagte er. Damit rechnete niemand.

Er legte sich in seinem Wohnzimmer auf die Couch und nahm eine Überdosis von einem Schlafmittel. Zum Sterben hörte er Leo Kottke und zwar die Nummer *Running Up the Stairs* von der CD *Great Big Boy*. Er drückte die Repeat-Taste, schaltete die Lautstärke weit herunter, so daß das Lied leise aus die Boxen klang und den Raum erfüllte.

So starb er.

Er starb im Februar 1992. Im September 1998 wurde er gefunden. Sein Körper war ausgetrocknet und gut erhalten. Die Heizung war auf zweiundzwanzig Grad geschaltet. Auf seinem gelben, ledrigen Gesicht lag eine feine Staubschicht. Der CD-Player spielte *Running Up the Stairs* von Leo Kottke.

Über die Geschichte wurde in den Zeitungen geschrieben. Jemand erzählte davon dem Gitarristen und Sänger Leo Kottke. Derjenige lachte schallend: »Niemand auf der Welt, Leo, hat dich so oft gehört wie dieser Mann.«

»Wie oft«, fragte Kottke.

»Wie lang ist die Nummer?« fragte der Mann.

»Gute drei Minuten«, sagte Leo Kottke.

Der Mann zog seinen Taschenrechner aus der Tasche und begann zu rechnen. Am Ende sagte er: »Er hat dich ungefähr eine Million Mal gehört.«

Da sei es Leo Kottke schwindlig geworden.

»Wer, denkst du«, habe er gefragt, sehr ernst gefragt, »wer von uns beiden, denkst du, ist jetzt, nachdem man ihn gefunden hat, erlöst – er oder ich?«

Der Mann konnte Leo Kottke darauf keine Antwort geben.

Ein Jahr später hatte der Musiker einige Auftritte in Europa, und bei dieser Gelegenheit besuchte er Hamburg, und er ließ sich mit einem Taxi vor den Wohnblock des Mannes fahren, der eine Million Mal seinen Song gehört hatte. Aber er stieg nicht aus dem Taxi aus. Es regnete, und Kottke hatte keinen Schirm bei sich. Wenn er das Fenster im Auto öffnete, konnte er auch so die Fassade des Hauses sehen. Außerdem wußte er nicht, welche Fenster zur Wohnung des Mannes gehört hatten. Es genügte ihm.

Die von der internationalen Polizei haben diese Geschichte erzählt – so oder so ähnlich.

Kafkas Prozeß, das Manuskript

Von August 1914 bis Jänner 1915 schrieb Franz Kafka an seinem Roman *Der Prozeß.*

Aus Kafkas Tagebuch, 15. August 1914:

»Ich schreibe seit ein paar Tagen, möchte es sich halten. So ganz geschützt und in die Arbeit eingekrochen, wie ich es vor zwei Jahren war, bin ich heute nicht, immerhin habe ich doch einen Sinn bekommen, mein regelmäßiges, leeres, irrsinniges, junggesellenmäßiges Leben hat eine Rechtfertigung. Ich kann wieder eine Zwiesprache mit mir führen und starre nicht so in vollständige Leere. Nur auf diesem Weg gibt es für mich Besserung.«

Das Manuskript liegt vollständig vor: handgeschrieben, 316 Seiten auf 161 Blätter in Quartformat, 20 cm x 24,5 cm. Kafka benutzte gern Schulblöcke dieser Art für seine Arbeit, so sind auch seine Tagebücher auf solchen geschrieben. Die Blätter, die einen Rotschnitt aufweisen, sind beidseitig mit schwarzer Tinte beschrieben. Kafkas Handschrift ist über weite Strecken leicht zu lesen. Dann wieder schrieb er in einer eigenen Kurzschrift. Korrekturen sind selten. Es scheint, als habe Kafka den Text nur während der ersten unmittelbaren Niederschrift, später jedoch nicht mehr überarbeitet.

1920 schenkte Kafka das Manuskript seinem Freund, dem Schriftsteller Max Brod.

Der Roman ist ein Fragment geblieben. Zumindest ging man immer davon aus, daß die Arbeit am Manuskript nicht abgeschlossen wurde. Max Brod nannte den *Prozeß* ein

Fragment. So sind darin mehr oder weniger in sich abgeschlossene Prosastücke enthalten, unter anderem auch *Der Heizer*, den der Autor später seinem Roman *Der Verschollene* (von Max Brod *Amerika* genannt) als erstes Kapitel vorangestellt hat.

Knapp vor seinem Tod bat Kafka Max Brod (schriftlich), er möge alle seine nicht veröffentlichten Manuskripte verbrennen. Brod tat das nicht.

1925 brachte Brod den *Prozeß* im Verlag »Die Schmiede« in Berlin heraus. Das Buch kostete im Pappband 4,50 Mark, im Leinenband 5,50 Mark. Hermann Hesse schrieb im Berliner Tagblatt eine Rezension, er nannte es »ein seltsames, aufregendes, wunderliches und ein beglückendes Buch.«

1933 wurde der *Prozeß* ins Französische und Italienische übersetzt.

1935 erschienen die ersten vier Bände der von Max Brod und Heinz Politzer herausgegebenen *Gesammelten Schriften* Franz Kafkas im Schocken Verlag in Berlin. Wenige Monate später mußte der Verlag die Bücher aus den Buchhandlungen zurückholen, weil Kafkas Literatur von der nationalsozialistischen Reichsschriftumskammer auf die »Liste des schädlichen und unerwünschten Schrifttums« gesetzt wurde.

Der Schocken Verlag emigrierte mit seinen Lagerbeständen in die Tschechoslowakei. 1936 und 1937 wurden die Bände 5 und 6 der *Gesammelten Schriften* in Prag veröffentlicht.

1937 erschien der *Prozeß* in englischer, 1940 in japanischer Sprache.

1939 floh Max Brod vor den einmarschierenden deutschen Truppen aus Prag. In seinem Handgepäck hatte er Kafkas Manuskripte, darunter das Manuskript von *Der Prozeß*. Er floh über Rumänien nach Israel. Seine eigenen Manuskripte ließ er sich nachschicken.

1956, während der Suez-Krise, sorgte Max Brod dafür, daß das *Prozeß*-Manuskript in die Schweiz gebracht und in einem Banksafe verwahrt wurde.

In den achtziger Jahren wurde das Manuskript unverhofft bei Sotheby in London ausgeboten. Wie es dazu kam, ist nicht gesichert. Man nimmt an, Brods Sekretärin und Lebensgefährtin hat es dem Auktionshaus übergeben. Das Manuskript wurde durch die Deutsche Schillergesellschaft für das deutsche Literaturarchiv erworben. Über den Preis wird spekuliert. Er dürfte nicht unter drei Millionen DM gelegen haben.

Dr. Christoph König wurde vom Literaturarchiv in Marbach am Neckar beauftragt, das Manuskript aus London abzuholen. Er nahm zu diesem Zweck seine alte Schultasche mit. Er steckte das Paket mit den 161 Blättern hinein. Die Schlösser an seiner Schultasche funktionierten nicht mehr. Er fuhr mit der Untergrundbahn durch London, mußte stehen, weil alle Plätze besetzt waren. Die alte Lederschultasche klemmte zwischen seinen Füßen.

»Du hättest zum Idioten der Germanistik avancieren können«, sagte ich zu ihm.

»Nicht nur der Germanistik«, sagte er.

»Hast du keine Sekunde daran gedacht?«

»Natürlich habe ich daran gedacht. Ich habe auch daran gedacht, die Tasche einfach in der U-Bahn liegen zu lassen.«

»Absichtlich?«

»Ja. Aus Verrücktheit. Der wirklich große Mut einer Verrücktheit besteht ja darin, sich freiwillig und bewußt und absichtlich zu einem überragenden Idioten zu machen.«

»Man hätte die Tasche gefunden, und man hätte das Manuskript erkannt. Es wäre nicht verloren gegangen.«

»Das habe ich mir auch überlegt«, sagte er. »Das Manuskript eines Buchs, das wie kein anderes unser Jahrhundert in ein Bild faßt, das den Vernichtungswunsch seines Schöpfers überdauerte, die Vernichtungswut der Nazis, einen Nahostkrieg, das unbeschadet durch Gier und Spekulation gegangen ist, das läßt sich nicht auslöschen durch eine Verrücktheit.«

»Aber vielleicht durch einen dummen Zufall. Oder ein Taschendieb hätte es dir aus der Hand gerissen. Der hätte den Wert des Manuskriptes nicht erkannt. Was hätte er getan?«

»Weggeschmissen. Und jemand hätte es gefunden.«

»Oder auch nicht.«

»Oder auch nicht.«

Zum Flughafen fuhr Christoph König mit dem Taxi. In Frankfurt wurde er von einer Polizeieskorte abgeholt.

Das Manuskript von Franz Kafkas *Der Prozeß* liegt heute in einem abgedunkelten Raum im Literaturarchiv in Marbach.

Christoph König hat mir diese Geschichte erzählt.

Klein-Weiß-Ich-Nicht

Der Bub hatte keinen Vater und keinen richtigen Namen. Wenn seine Mutter betrunken war, rief sie Rizzo nach ihm, wenn sie fromm war, nannte sie ihn Petruspaul, wenn sie Hunger hatte, sagte sie Wurstkanone zu ihm. Er kannte sich nicht aus. Aber weil er das gewöhnt war, vermißte er das Sich-Auskennen-im-Leben nicht. Ihm war es normal, daß man sich nicht auskennt.

Deshalb war er nicht einer, der tut, was man sagt. Sagte die Mutter: »Rizzo, hol mir eine neue Flasche«, dann ging er und brachte ihr einen Rollmops. Wenn sie sagte: »Petruspaul, schau nach, ob noch genug Weihwasser da ist«, dann konnte es vorkommen, daß der Bub mit einer dicken Mütze zurückkam, die seine Mutter vor himmlischen Einflüsterungen schützen sollte.

Eines Tages, da war der Bub zwanzig Jahre alt, sprach er zu seiner Mutter und sagte die Wahrheit: »Ich habe nie etwas von dir gelernt. Aber ich liebe dich. Ich bitte dich, laß mich in die Welt hinausziehen, damit etwas Gescheites aus mir wird. Aber ich will nicht ohne einen Rat von dir gehen, obwohl ich weiß, daß der mir nichts nützen kann.«

Er hatte einen guten Tag bei der Mutter erwischt. Sie war weder betrunken, noch fromm und Hunger hatte sie auch keinen.

Sie sagte: »Mein Sohn, wie immer du auch heißen magst, hör zu: Wir sind Zigeuner, Herumzieher, Grenzüberschreiter, Lustige, halt Menschen ohne eine Nation im Rücken, und weil wir gerade in einem Land sind, das die braven Bürger Luxemburg nennen, geb ich dir folgenden Rat mit ins Leben hinaus: Sei schlau wie ein Luchs! Sag immer, wenn dich einer etwas fragt: Weiß ich nicht.«

Von Luxemburg aus muß man höchstens drei Schritte gehen, bis man in der Welt ist. Und da war ein großer Rosengarten, und unser Bub dachte nichts und ging durch den Rosengarten.

Da hielt ihn der Gärtner auf, sagte: »Wollt Ihr hier etwas?«

»Weiß ich nicht«, sagte der Bub.

Oh, vielleicht ein Kunde, der es sich noch überlegt, dachte der Gärtner. »Dann kommt doch in mein Haus«, sagte er, »bleibt doch über Nacht!«

In dem Haus war die Gärtnersfrau, und die schickte sich gerade an, Mittagessen zu kochen. »Ist dem Herrn ein Kartoffelgericht recht?« fragte sie.

»Weiß ich nicht,« sagte der Bub.

Die Frau dachte: Oh, der ist sicher von weit oben abgesandt worden, vielleicht will man uns prüfen. Und sie kochte das beste Essen, das sie kochen konnte.

Am nächsten Morgen fragte der Gärtner: »Wünscht Ihr, daß ich Euch dem Obergärtner vorstelle?«

»Weiß ich nicht«, sagte der Bub.

Da führte ihn der Gärtner direkt zum Grafen, dem der Garten gehörte.

Der Graf war ein breiter Mann mit breitem Mund und breitem Herzen, und er redete gern, und wenn ihm einer zuhörte, dachte er hinterher, man habe ein gutes Gespräch gehabt. Also redete er mit dem Bub und redete und fragte nichts, und der Bub hörte nur zu.

Das ging drei Stunden so. Am Ende erschrak der Graf, dachte, so lange hat mir noch keiner zugehört, was jetzt, wenn der da einer von ganz ganz oben ist, der mich prüfen will, und er fragte: »Habe ich Sie arg gelangweilt?«

»Weiß ich nicht«, sagte der Bub.

So ein vornehmer Herr, dachte der Graf, natürlich habe ich ihn gelangweilt, ich langweile jeden, aber die anderen lügen entweder, weil sie mich fürchten, oder sie brüllen mich an, weil sie mächtiger sind als ich. Dieser hier aber ist über alle erhaben und gütig wie ein Heiliger, ja, wie ein Heiliger.

Und bald sprach es sich herum: Ein Heiliger ist im Land, ein Heiliger, der alles versteht, alles verzeiht, alles weiß, ohne zu prahlen, alles kann, ohne die anderen zu demütigen, alles sich anhört, ohne es hinterher lang zu kommentieren. Die Leute kamen und schütteten ihr Leid vor ihm aus.

Die einen fragten: »Wird mir meine Frau treu bleiben?« Und sie bekamen die Antwort: »Weiß ich nicht.« Die anderen fragten: »Werde ich oder wird mein Nachbar in unserem Rechtsstreit gewinnen?« Und wieder hieß es: »Weiß ich nicht.« Man sagte: »Dieser Mann ist ein Diplomat!« Oder: »Nur einer, der alles weiß, kann so antworten.«

Der Gärtner aber, der ihn entdeckt hatte, hatte eine Tochter, die ließ sich von niemandem hinters Licht führen. Als alle Hilfesuchenden gegangen waren, kam sie und fragte: »He, gibt es überhaupt etwas, was du weißt?«

»Weiß ich nicht.«

»Und etwas, was du nicht weißt?«

»Weiß ich nicht.«

»Liebst du mich?«

»Weiß ich nicht.«

»Schade«, sagte sie, »wüßtest du es, hätte ich dich zu mir gelassen. Ich frage dich also noch einmal: Liebst du mich?«

Sie war schön, und in dem Land der Rosen war für den Bub alles getan, was zu tun war, und darum sagte er:

»Ja, ich liebe dich.«

Da machte die Gärtnerstochter ein Geschrei: »Er ist nicht der Heilige! Er redet, wie wir alle reden!«

Und die Leute kamen und machten böse Stirnen und fragten: »Was ist eins und eins?«

»Zwei«, sagte Klein-Weiß-Ich-Nicht, »das weiß doch jedes Kind.«

»Der Heilige hätte eine andere Antwort gewußt«, sagten die Leute und fingen an, ihm Kopfnüsse zu geben.

Und das wurde Mode. Man gab Klein-Weiß-Ich-Nicht Kopfnüsse. Immer wenn die Leute ihn auf der Straße sahen, gaben sie ihm einige Kopfnüsse.

»Da«, sagten die Leute, »der Mensch muß ja von etwas leben.«

Aber das weiß auch jedes Kind: Ab der dreihundertsten Kopfnuß ist das Hirn des Menschen weichgeklopft, so daß sich darin nichts Gescheites mehr abspielen kann, und das einzige, was noch rauskommt, heißt: »Ich weiß es nicht.«

In Luxemburg hat man diese Geschichte erzählt – so oder so ähnlich.

Der Kopf des Täufers

Herodias, die Enkelin von Herodes dem Großem, war eine Ehebrecherin, sie lebte mit ihrem Schwager Herodes Antipas zusammen, der sie und ihre Tochter Salome bei sich aufnahm. Johannes der Täufer beschimpfte sie, sagte, dieses Weib sei es wert, in einem Dreckkarren vor die Stadt geführt zu werden. Als ihm geraten wurde, sein Wort zurückzunehmen, revidierte er listig. Er sei in sich gegangen und behaupte nun das Gegenteil: Herodias sei es *nicht* wert, mit dem Dreckkarren vor die Stadt geführt zu werden. Daraufhin wurde er festgenommen und in die Festung Machärus geworfen.

Beim Geburtstagsfest des Herodes Antipas tanzte Salome, die Tochter der Herodias, vor ihrem Ziehvater und sie tanzte so lieblich, daß der Herrscher ausrief, gleich was sie sich wünsche, und sei es das halbe Reich, er werde ihr jeden Wunsch erfüllen.

Salome, erst vierzehn Jahre alt, hatte immer alles bekommen, was sie wollte, und nun wußte sie nicht, was sie sich wünschen sollte.

Sie fragte ihre Mutter. Die drängte: »Sag, du möchtest das Haupt des Täufers. Man soll es in einer Schüssel bringen und vor uns auf den Tisch stellen.«

Salome wünschte sich den Tod des Johannes, und sie war von ihrem Wunsch nicht abzubringen. Und das tat dem Herodes Antipas leid, denn in Wahrheit bewunderte er den Täufer, er besuchte ihn sogar bisweilen im Gefängnis und unterhielt sich mit ihm. Aber Herodes war verliebt in seine Ziehtochter, und er befahl, den Täufer zu köpfen.

Und dann lag das Haupt des Täufers vor Salome und ihrer Mutter.

Es heißt, Salomes Mutter sei deshalb so zornig auf Johannes den Täufer gewesen, weil sie ihn begehrte und er sie zurückgewiesen hatte. Als nun sein blutiger Kopf vor ihr auf dem Teller lag, beugte sie sich über ihn und küßte ihn auf den Mund. Da sprang ein letzter Funke Leben in den Kopf, die Lippen öffneten sich, und ein gewaltiger Sturm blies die böse Frau davon. Mit dem Rücken krachte sie durch die Mauer, daß die Rippen mit blauen Flecken übersät waren. Bis heute fliegt sie durchs Universum, ohne Ruhe, ohne Hoffnung und ohne, daß die blauen Flecken geheilt wären.

Und Salome? Sie wurde von einer wahnsinnigen Tanzlust ergriffen. Nicht mehr aufhören konnte sie. Sie tanzte und tanzte, sie tanzte durch alle Länder, bis sie eines Tages in den Norden kam. Da tanzte sie über einen zugefrorenen See. Das Eis brach ein, und Salome versank bis zum Hals im Wasser. Aber sie tanzte weiter, konnte nicht anders, und sie drehte sich, und ihr Hals streifte an den scharfen Kanten des Eises, und das Eis trennte ihr den Kopf ab.

Und Antipas? Er saß irgendwann dem Heiland gegenüber und stellte ihm Fragen. Aber Jesus antwortete ihm nicht. Man sagt, das sei die schlimmste Strafe.

Pilger haben sich diese Geschichte erzählt – so oder so ähnlich.

Das Raudale

Es war einmal eine Witwe in Kärnten, die gab in der Welt damit an, daß sie nur ihrem verstorbenen Gatten nachtrauere und keinem Mann sonst eine Auge nachwerfe. Und dann wurde sie schwanger und brachte einen Buben zur Welt, und alles wäre aufgeflogen. Darum legte sie das Kind in einen Korb, streute eine Handvoll billiger Münzen drüber und warf den Korb in den Bach, der überall nur der Schönebach genannt wurde.

Beim Müller klemmte sich das Babyschiffchen in das Mühlrad, und dem guten Mann blieb nichts anderes übrig, als das Menschlein aufzuziehen. Warum? Das Menschlein war schön. Und schöne Menschen gibt es selten. Man fütterte es zu einem Fünfzehnjährigen auf, und man war stolz. Denn gescheit war der Bub obendrein.

Die Leute sagten: »Daß der Müller so einen hat!«

Der Schulweg des Buben führte an dem Schloß der angeberischen Witwe vorbei, und die sah den Schönen eines Tages durch ihr Fenster und erkannte ihn. Denn schöne Menschen gibt es selten. Sie schlich ihm nach und wußte nun, wo er wohnte.

Sie schickte einen Boten zum Müller: »Verjag' den Schönen! Wenn du es nicht tust, nehm ich dir die Mühle weg.«

Ja, die Mühle gehörte der Angeberin.

Dem Müller und seinem Anhang blieb nichts anderes übrig, als dem Schönen den Laufpaß zu geben. »Zieh los, dir wird nichts passieren in der Welt draußen!«

»Warum wird mir draußen in der Welt nichts passieren?«

»Weil schöne Menschen selten sind.«

Da stand der Schöne im Regen des frühen Morgens. Aber so schön er war, so hart konnte er auch gegen sich sein, und verweichlicht war er nicht. Und verwöhnt war er nicht. Und in die Windel war ihm nichts gelegt worden. Und das billige Geld, das seine Mutter über ihn gestreut hatte, war abgesoffen im Schönebach. Und der Bub, der nun fünfzehn Jahre alt war, haßte sein Gesicht, das so weich aussah, so schön, so ausgeglichen, weil es eine ganz andere Geschichte erzählte.

Er griff in den Boden, krampfte mit den Fingern nasse Erdbrocken heraus, klatschte sie sich auf den Kopf und ließ den Dreck vom Regen über die Wangen rinnen. Und dann fing er ein Kaninchen mit den bloßen Händen, riß es auseinander, fraß es roh, ließ das Blut aus dem Mund rinnen und wischte es nicht ab, und den Kaninchenpelz zog er sich über die Haare.

So kam er in die Stadt. Die Leute blickten ihm nach und sagten: »Schönheit ist etwas anderes. Der müßte das Raudale heißen.«

Das hörte der Bub, und es gefiel ihm, und als er das nächste Mal gefragt wurde, wie er heiße, sagte er: »Ich bin das Raudale.«

Er wusch sich nicht, er kämmte sich nicht, er wechselte nicht die Kleider. Jede Arbeit nahm er an, ohne um den Lohn zu feilschen. Jeden Fraß löffelte er hinunter, ohne dem Koch eins überzubraten.

Eines Tages, da war das Raudale schon ein Mann, nahm es eine Stelle als Schäfer bei einem unheimlichen Herrn an, der sich kaum das Lachen verbeißen konnte, als er ihm den Schäferstab aushändigte.

»Geh nur, du wirst schon sehen!« sagte der Finstere, der immer nur eines im Sinn gehabt hatte in seinem Leben, nämlich Böses zu tun und dabei zu lachen.

Und die Gutwilligen, die in der Nähe waren, sagten: »Geh nicht, Raudale, geh nicht, sonst wirst du sehen!«

Das Raudale band sich eine Schelle um einen Fußknöchel,

und die Schafe folgten ihm nach. Mehr brauchte es nicht, keinen Hund, keine Tritte. Aber die Weide war ein Schmarren, da wuchs so gut wie nichts, und das Steinfressen hatten die Schafe noch nicht erfunden, und das Raudale trieb die Tiere immer weiter. Schließlich war vor ihnen ein fetter Grasfleck, so groß wie ein Fußballfeld.

»Dort«, sagte das Raudale, das von weitem wie ein verzottelter Wolf auf zwei Beinen aussah, »dort werden sich meine Schafe vollfressen.«

Aber die saftige Weide gehörte dem Bruder des unheimlichen Herrn, und der war noch böser. Oder war vielleicht doch der erste böser, weil er wußte, was der Bruder mit dem machen wird, der sein Fußballfeld betritt?

Von hinten schlich sich der böse Böse an, packte das Raudale, schleppte es fort und warf es in eine heiße Seifenbrühe und wollte es kochen, daß sich das Fleisch leicht abpflücken ließ. Aber auf der Haut des Raudale war so viel Schmutz, daß der Mensch darunter nicht Schaden litt, nur der Dreck wurde abgewaschen, und das Kaninchenfell löste sich vom Kopf, und aus der Brühe stieg zuletzt ein Mann, der war so schön, wie die Welt noch keinen gesehen hatte. Er war so schön, daß der böse Böse keinen Finger rühren konnte und in die Knie sank und das Vaterunser zu beten anfing.

Der böse Böse aber hatte eine Tochter, die sah den schönen Schönen und verliebte sich in ihn. Schöne Menschen sind selten, und es würde dem Gang der Dinge entsprechen, wenn die beiden geheiratet hätten, denn auch das Mädchen war schön, und gut war sie auch und reich auch und gescheit auch. Also.

»Aber ich will dich nicht«, sagte das Raudale, zog sich seine dreckigen Sachen über und ging davon.

Die Nachbarn liefen ihm nach und sagten: »Danke, Raudale, du hast den bösen Bösen bekehrt und auch seinen Bruder, denn ihnen hat nur eines in ihrem Leben gefehlt, nämlich die Schönheit, die hast du ihnen gezeigt, jetzt sind sie gut. Raudale«, riefen sie, »sei unser König!«

Aber das Raudale wollte das nicht. Es wollte nur eines: herumziehen, verdrecken und niemandem, niemandem gehorchen, niemandem, absolut niemandem.

In Österreich hat man diese Geschichte erzählt – so oder so ähnlich.

Old Nick

Während einer Zugfahrt von Wien nach Graz saß ich einst mit dem Teufel in einem Abteil.

Ich war sehr rechtzeitig am Südbahnhof gewesen, der Zug stand bereits am Perron. Ich hatte eine Karte erster Klasse gelöst, in den Waggons waren erst wenige Fahrgäste, eine gute halbe Stunde war es noch hin bis zur Abfahrt. In einem der Nichtraucherabteile saß er. Ich erkannte ihn sofort. Ich erkannte ihn an seinen spitzen, roten Luchsohren und an den kleinen, blanken Hörnern, die durch das dichte, blonde Kopfhaar stießen. Auch steckte ein Fuß in einem orthopädischen Schuh. Er trug einen Anzug mit übergroßen, bunten Karos. Seine Augen rasten flink über alles, auch über mich, der ich draußen im Gang stand und durch die Glastür zu ihm hineinschaute.

Er nickte mir zu, und da betrat ich das Abteil und fragte, ob noch ein Platz frei sei.

»Bist du verrückt«, sagte er.

»Ich will mit dem Teufel sprechen«, sagte ich.

»Es wird dir vielleicht lausig schaden«, sagte er.

»Wenn es mich nicht ruiniert«, sagte ich, »den Schaden nehme ich in Kauf.«

»Was willst du von mir wissen«, fragte er. Seine Augen wechselten die Farbe, und das bewirkte, daß man ihnen nicht auskam.

»Wieviele Fragen darf ich stellen?«

»Sagen wir drei.«

»Sagen wir vier?«

»Also gut, vier Fragen«, sagte er.

Da brauchte ich nicht lange zu überlegen: »Was ist die größte Sünde? Was ist das Böse? Was ist das Gute? Wie ist Gott?«

»Dann also der Reihe nach«, sagte er. »Die größte Sünde ist der freiwillige Verzicht auf Glück.«

»Niemand verzichtet freiwillig auf das Glück«, sagte ich.

Da fuhr der Zug an.

»He!« rief ich. »Wie gibt es das? Mir scheint, als redeten wir erst eine Minute miteinander. Und schon ist eine gute halbe Stunde vergangen.«

»Mit dem Teufel reden geht schneller«, sagte er. »Wie lautete deine zweite Frage?«

»Was ist das Böse?«

»Das Böse ist, wenn einer nicht aufhören kann mit etwas.«

»Mit was?«

»Ganz egal, mit was einer nicht aufhören kann, wenn er es nicht kann, dann ist es das Böse.« Während er das sagte, konnte er das Lachen nicht verbeißen, und seine Augen gingen ins Gelbliche.

»Darauf wäre ich nie gekommen«, sagte ich.

»Niemand kommt darauf.«

Schon fuhren wir über den Semmering.

»Schon fahren wir über den Semmering«, drängte ich. »Wir müssen uns beeilen, wenn wir bis Graz alle Fragen durchhaben wollen.«

»Ich fahre weiter als bis Graz«, sagte der Teufel.

»Aber ich nicht«, sagte ich. »Also: Was ist das Gute?«

Jetzt wurde er sehr ernst. Sein Gesicht legte sich in die ältesten Falten, die Augenfarbe wechselte zu schwarz. »Das Gute«, sagte er, »ist, wenn man stehen bleibt und langsam ausatmet.«

»Was soll daran gut sein?«

»Wenn man es richtig macht, dann weiß man es.«

»Das versteht wieder kein Mensch«, protestierte ich. »Das können wir nicht einsehen!«

»Und wie lautete deine letzte Frage?«

»Wie Gott ist.«

»Oh, ich dachte, du hättest gefragt, ob Gott ist oder wer ist Gott.«

»Nein, ich fragte: Wie ist Gott?«

»Auf Wer ist Gott? hätte ich eine Antwort gewußt.«

»Aber ich frage: Wie ist Gott?«

»Ich weiß es nicht«, sagte der Teufel.

Da fuhren wir bereits an den ersten Häusern von Graz vorbei.

»Das geht so nicht«, rief ich aufgeregt, »so schnell darf die Zeit nicht vergehen! Was kann ich tun, um die Zeit anzuhalten?«

»Stell mir eine wirklich schwere Frage«, sagte der Teufel. »Eine Frage, über die ich nachdenken muß. Über deine Fragen mußte ich nicht nachdenken. Die ersten drei waren zu leicht. Auf die letzte weiß ich nichts zu sagen, und wenn ich eine Million Jahre darüber nachdenken würde, weil es auf diese Frage für mich nämlich keine Antwort gibt.«

»Wieviel kostet ein Viertelkilo Butter«, fragte ich.

Da blieb der Zug stehen. Schon waren wir im Bahnhof Graz. Alles blieb stehen. Die Menschen auf dem Bahnsteig blieben stehen, die Tauben in der Luft, der Zeiger der Bahnhofsuhr von der Firma Schauer, der Spuckeklumpen, den ein Passant aus dem Mund blies.

»Wieviel Zeit gibst du mir für die Antwort«, fragte der Teufel.

»Drei Minuten«, sagte ich.

»Gib mir fünf«, sagte er.

»Nein, nur drei«, sagte ich. Denn ich dachte, es muß herrlich sein, dem Teufel zu diktieren.

»Also gut, drei Minuten«, sagte er und blickte auf seine Armbanduhr.

Und dann fing er an zu rechnen, brauchte dazu seine Finger, strampelte sich die Schuhe von den Füßen und zählte auch mit den Zehen und zählte dazu noch mit den Knöpfen seines gobkarierten Anzugs. Ein Auf und Ab von Hand zu

Fuß und Knopf war das. Am linken Fuß war nur ein Huf, aber es war ein gespaltener Huf, so daß er beim Zählen ebenfalls eingesetzt werden konnte. Die langen, dünnen Ohren brannten wie Lötkolben. Das Blondhaar versengte sich zu grau-weißer Asche. Die Augen waren weiß wie geschälte, hartgekochte Eier.

Am Ende, gerade als die drei Minuten um waren und nur ein uraltes Gespenst von ihm übrig war, sagte der Teufel: »Ein Viertelkilo Butter kostet zweiundzwanzig Schilling fünfzig. Habe ich recht?«

»Ich weiß es nicht«, sagte ich.

»Was, du weißt es nicht?« schnaubte er mich an. Sein Atem war nur noch lauwarm. »Wie wollen wir jetzt herauskriegen, ob ich recht habe?«

»Warum?« sagte ich. »Warum sollen wir das denn überhaupt herauskriegen? Es interessiert mich ja gar nicht, wieviel ein Viertelkilo Butter kostet. Was ist, wenn du recht hast? Holst du mich, wenn du recht hast?«

»Kein guter Tag für Geschäfte«, sagte er und erhob sich langsam und mühsam.

»Was geschieht mit der Zeit«, fragte ich. »Bleibt sie stehen bis in Ewigkeit?«

»Nein«, sagte er. »Sobald du mich nicht mehr siehst, hat der Zug einfach nur im Bahnhof Graz gehalten, und alles ist wie immer.«

»Und du weiß wirklich keine Antwort auf die Frage, wie Gott ist?«

»Gott weiß nicht, wieviel ein Viertelkilo Butter kostet«, sagte er. »Und er kann es auch nicht ausrechnen. Nicht einmal mit Fingern und Zehen und Knöpfen, wie ich es kann.«

Dann verließ der Teufel mein Abteil, und die Zeit ging weiter. Normal langsam. Und ich war in Graz.

Ein Reisender im Zug hat diese Geschichte erzählt – so oder so ähnlich.

»Wie war das im Krieg?«

»Was willst du wissen?«

»Ich weiß so wenig, daß ich nicht einmal weiß, was ich fragen soll. Was würdest du jemanden wie dich fragen?«

»Ich wüßte schon, was ich fragen würde. Ich würde fragen: Was waren deine Quellen? Wer waren deine Informanten? Solche Fragen.«

»Also.«

»Ich war in Bagdad während der ersten Luftangriffe der Allianz. Die ersten zwei Nächte. Dann bin ich zusammen mit B. in einem gemieteten Auto durchs Land und nach Jordanien gefahren. Aber in den ersten beiden Nächten war ich in Bagdad. Ich war im Hotel. Die ersten Angriffe, das weißt du sicher noch, die wurden in der Nacht geflogen.«

»Warst du allein?«

»Nein. Natürlich nicht, sagte ich ja. B. war bei mir. Er war bei mir in meinem Zimmer. Weil mein Zimmer einen Balkon nach vorne hinaus hatte. Von meinem Balkon aus konnte man weit in die Stadt hineinschauen.«

»Du hast damals schon für eine Zeitung geschrieben?«

»Für eine Tageszeitung, ja.«

»B. auch?«

»Nein, nein, er war für den Rundfunk da. Auch Fernsehen. Und hat Zeitungen Interviews gegeben. Er war sehr begehrt, ein Nahostexperte. Konnte etwas Arabisch. Perfekt Englisch. Ausgezeichnet Französisch. Etwas Russisch sogar. Ich weiß nicht, was sonst noch. Und vor allem, er hat jeden gekannt. Aber schreiben konnte er nicht. Hat sich bei jedem

Satz schwer getan. Er hat fast nur mit Diktiergerät gearbeitet. In das hat er so hineingebrüllt, daß die Sekretärinnen Schwierigkeiten hatten, sein Zeug abzuschreiben, weil das Gerät immer übersteuert hat. Er war verheiratet. Das habe ich nie begriffen. Hat nie über Frauen geredet. Auch über die Familie eigentlich kaum. Hat Kinder gehabt. Kaum zu glauben. Er hatte zwei oder drei Herzinfarkte hinter sich und dann eben noch einen Herzinfarkt vor sich, erst vor einen Jahr oder so. Er hatte damals schon zwei Bypässe. Das war ihm wurscht. Wir beide gehörten zu den wenigen Journalisten, die von Saddam Hussein nicht gleich schon am Beginn aus dem Land gejagt worden waren. Mich hätten die Irakis sicher rausgeworfen, ich war ein Niemand. Aber B. war jemand, und B. wollte, daß ich bei ihm bleibe.«

»Warum wollte er das? Wollte er dich sozusagen zum Lehrling nehmen?«

»Sozusagen, ja. Ja, ich glaube, du hast recht.«

»Stimmt es übrigens, daß er Schreianfälle gekriegt hat, wenn einer aus seiner Redaktion zum Beispiel von einem Maschinengewehr gesprochen hat oder einfach nur von einer Maschinenpistole?«

»Wie meinst du das?«

»Es ist mir erzählt worden, daß alle Mitglieder seiner Redaktion die Waffen genau kennen mußten, also ob es eine Uzzi ist oder eine Kalaschnikow oder was weiß ich, ich bin kein Waffenexperte.«

»Ich kann mir das schon vorstellen, daß B. darauf Wert gelegt hat. Er war ein Genauigkeitsfanatiker. Er war der Überzeugung, ich hätte das Zeug für einen Kriegsberichterstatter. Ich kann ja auch nicht besonders gut schreiben.«

»Für so einen, wie er einer war, hat er dich gehalten? Für einen von seiner Sorte?«

»Genau. Für so einen, wie er einer war. Genau. Von seiner Sorte. Genau. Du sagst das sehr gut.«

»Und was war er für einer?«

»Solche wie wir, sagte er, sterben nur dann im Bett, wenn

sie sich vor dem Krieg nicht fürchten. Aber wenn sie sich nicht fürchten, dann sterben sie auf alle Fälle im Bett.«

»Er ist im Bett gestorben.«

»Genau. Er ist im Bett gestorben. Aber an einem Herzinfarkt. Den hat er sich ja auch irgendwo geholt, meine ich. Die Grundlagen für diesen Herzinfarkt sozusagen, meine ich. Als es in der Nacht losging, damals in Bagdad, hat er seinen Klappstuhl genommen und hat ihn auf den Balkon gestellt und hat sich hinausgesetzt. Und ich habe gedacht, es reißt ihm gleich die Bypässe raus, so hat er aufgegeigt, als es losging. Der war außer sich. Ein Mann – wie alt war er, an die sechzig, schätze ich – und hat gejohlt wie die Fans bei der Fußball-WM …«

»Er hatte einen eigenen Klappstuhl? Für solche Fälle?«

»Ja.«

»Zum Kriegbeobachten?«

»Ja.«

»Und den hat er auf seine Reisen mitgenommen?«

»Ja.«

»Und du?«

»Ich bin zuerst am Fenster gestanden. Das heißt, ganz am Anfang, als die Sirenen anfingen zu heulen, als man noch gar keine Flugzeuge hörte, da war ich auch draußen auf dem Balkon.«

»Auch im Klappstuhl?«

»Nein, natürlich nicht. Ich habe mich auf das Geländer gestützt und habe geraucht, habe meine eigene Rauchsäule in die Stadt hineingeblasen. Es war, wie wenn gleich der Faschingsumzug losgeht. Waren ja auch massig Leute auf der Straße. Oder wie zu Silvester. Mit ein bißchen mehr Herzklopfen vielleicht.«

»Schon, gell.«

»Es geht. Bagdad war nicht mein erster Krieg. Das heißt, Krieg eigentlich schon. Krieg im eigentlichen Sinn des Wortes, also, wenn man jetzt scharf definiert. Ich war eher bei Bürgerkriegsgeschichten vorher. Rumänien zum Beispiel.

Nordirland zum Beispiel. Das ist natürlich etwas ganz anderes. Aber sicher nicht weniger gefährlich. Eigentlich mehr gefährlich sogar. Dort ist es so, als ob jeder ein Soldat wäre. Du auch. Jeder. Und die Uniform ist dein gewöhnlicher Straßenanzug. Der Straßenanzug ist die Uniform im Bürgerkrieg.«

»Das könnte man schon als Formulierung verwenden in einem Artikel, oder?«

»Stimmt. Das fällt mir nicht auf. Meine guten Formulierungen fallen mir selber nicht auf, und dann denke ich immer, mir fällt nichts ein. Ich war zum Beispiel in Londonderry und in Belfast. Ich bin mit einem Freund von der Uni, der in Belfast als Lektor gearbeitet hat, mit dem bin ich zusammen in seinem Wagen durch die Stadt gefahren. Der wußte nicht, daß ich eine Reportage über die Terroristen schreibe, über den Bürgerkrieg, das habe ich ihm nicht gesagt. Ich habe gesagt, daß ich eine Irlandrundreise mache, und ob er mir Belfast zeigt. Ich würde gern, sagte ich, zum Beispiel die berühmte Jenkilroad sehen und die berühmte Foalsroad. Ob er mich da durchfahren könnte. Hat er getan. Aber anhalten werden wir nicht, sagte er. Die eine Straße, ich weiß nicht mehr welche, ist die Hochburg der protestantischen Terroristen, die andere ist die Hochburg der IRA, und irgendwo stoßen die beiden in einem spitzen Winkel zusammen. Dort steht eine Kirche, da war ein Schild daran: For Sale. Ist wahr, hundertprozentig. Und da sind wir durchgefahren durch diese Straßen, und ich habe bei den Ampeln britische Soldaten gesehen, die knieten auf dem Gehsteig und hatten die Gewehre im Anschlag, zielten vor sich auf die Straße, und wenn du bei der Ampel anhalten mußtest, dann hattest du auf einmal die Gewehrmündung von dem Typen dreißig Zentimeter vor deiner Schnauze, und wenn du dem in die Augen geschaut hast, dann hat der sich womöglich wer weiß was gedacht, daß du einer bist, der sich sein Gesicht merken will zum Beispiel, und dann hat er abgedrückt. Jedenfalls wollte ich so einen Soldaten fotografieren. Und habe es auch getan. Hat er nicht gemerkt, und mein Freund hat es auch nicht gemerkt. Und dann habe ich noch einen Metzger in der Foalsroad fotografiert, der hat gerade Schweinehälften aus einem LKW getragen. Und der hat mich gesehen, der hat es gemerkt. Und er hat eine Knarre rausgezogen und hat hinter uns hergeschossen. Ich könnte mich heute noch anbrunzen vor Lachen, wenn ich daran denke, wie sich mein Freund in die Hosen geschissen hat. Er hat nämlich in die Hose geschissen. Ich nicht.«

»Hat B. gewußt, daß du Sachen in Irland gemacht hast?«

»Klar. Hat die Fotos gesehen, hat die Reportage gelesen. Deshalb hat er ja auch ein Auge auf mich gehabt. Und als dann die Journalisten aussortiert wurden, wer da bleiben darf, wer rausgeschmissen wird, da hat er mich gefragt: Willst du in Bagdad bleiben, wenn die Hölle losgeht? Und ich habe gesagt: Klar. Dann halte dich an mich, hat er gesagt. Wie mache ich das? habe ich ihn gefragt. Du bist einfach mein Assistent, sagte er. So haben wir es durchgezogen. Ich bin immer hinter ihm her, wie sein Leibkoch. Und der Mann hatte eine Energie, sage ich dir. Der mit seinen zwei Herzinfarkten, mit seinen zwei Bypässen, mit den zwei Reißverschlüssen auf der Brust. Den hast du von aller Weite gehört, hat die irakischen Soldaten herumkommandiert, und die haben ihm gefolgt, als wäre er der General, sage ich dir. Jedenfalls, als es losging, waren wir beide auf dem Balkon. Ich hatte einen Block bei mir, so einen Ringblock, den habe ich in Wien gekauft, einen hundsbilligen. Da habe ich mir absichtlich einen hundsbilligen gekauft, weil ich dachte, das geht ja nun wirklich nicht, daß ich mir über einen Krieg auf Büttenpapier Notizen mache. Beim Billa habe ich mir diesen Block gekauft und einen Kuli. Da hat mich B. angeschaut aus seinem Ledergesicht heraus und hat mich gefragt, ob ich ein Gedicht über den Bombenangriff auf Bagdad schrieben will. Nein, habe ich gesagt, ich sei nur Reporter und wolle eine Reportage schreiben. Die Reportage solle ich morgen oder übermorgen schreiben, sagte er, die heutige Nacht sei die erste, und die solle nicht der Arbeit geopfert werden. Ich habe nicht gewußt, wie er das meint, und dachte, das sei so eine Art Chirurgenscherz vor der Operation. Aber er hat das schon so gemeint, daß diese erste Bombennacht nicht für die Arbeit, sondern fürs Vergnügen da sein soll.«

»Das ist natürlich deine Interpretation.«

»Alles ist eigene Interpretation, letztlich, oder nicht? Manchmal denke ich, daß die ganze Welt die Interpretation von uns Menschen ist. Wenn du ihn gesehen hättest, wie der sich gefreut hat, das war wie unsereiner vor einem Rockkonzert mit Bruce Springsteen, oder so. Der ist auf seinem Klappsessel herumgerutscht. Daß er nicht gerufen hat, es solle doch endlich losgehen, war alles. Hat Schokolade gefressen, obwohl das hundertprozentig Gift für ihn war. Einen Cholesterinspiegel von über vierhundert, oder so. Und einen Blutdruck hundertzehn zu zweihundert, oder so. Alkohol hat er keinen getrunken, jedenfalls nicht vor und während der Show. Hinterher schon, nicht viel, einen Whisky oder zwei. Ich habe mich regelmäßig angeschüttet, wie die anderen auch.«

»Und dann gings los?«

»Zuerst waren da nur die Sirenen. Uns Journalisten hat man freigestellt, wie wir uns verhalten. Man hat uns nicht in die Keller des Hotels gezwungen wie die anderen Gäste. Die mußten hinunter. Haben wir uns schiefgelacht, die sind in Zweierreihe über die Stiegen hinuntermarschiert, begleitet von irakischen Soldaten. Die meisten Gäste waren Araber. Ich weiß eigentlich gar nicht, ob das Gäste waren. Die Idee kommt mir erst jetzt. Ich meine, das wäre ja komisch. Da ist Krieg, und da sind Gäste im Hotel. Wahrscheinlich waren das gar keine Gäste. Schaut halt komisch aus, wenn Leute mit Turban auf dem Kopf wie Piefkes in Reih und Glied marschieren, rechts und links neben ihnen Soldaten. Schaut komisch aus. Finde ich jedenfalls. Ich habe dann meinen Block halt weggesteckt und mich wieder über das Geländer gelehnt und hinuntergeschaut und hinuntergeraucht. Die Straßen waren voll von Leuten. Die Bürger von Bagdad wollten den Amis beweisen, daß sie sich nicht vor ihren Bomben fürchten. Denke ich mir. Gebrüllt haben sie. Ich habe ihnen zugewinkt. Sie haben mir zugewinkt. Gute Stimmung. Ich sage ja, wie zu Silvester. Wie Silvester in Wien im Ersten Bezirk. Warst du einmal zu Silvester in Wien im Ersten Bezirk? Die in Bagdad feiern natürlich nicht Silvester, die feiern irgend etwas anderes, was weiß ich, religiös oder so. Sie haben sich dann aber doch gefürchtet. Als es zum ersten Mal gekracht hat, war dann die Straße schlagartig leer. Aber ziemlich sehr schlagartig.«

»Was heißt gekracht?«

»Die ersten Marschflugkörper, denke ich. Ich kann das nicht so genau sagen. Dann gingen die irakischen Abwehrraketen los. Ich habe mich bei diesen Waffentypen nie ausgekannt. Ich war eher Spezialist bei Bürgerkriegswaffen, bin ich immer noch. Ich möchte nur noch einmal sagen, daß ich nicht will, daß du meinen Namen nennst. Das ist schon klar, oder?«

»Natürlich.«

»Daß du nicht schreibst, wer ich bin.«

»Natürlich nicht.«

»Ich meine, das können wir auch einmal machen. Daß du über mich etwas schreibst, ganz offiziell, und dann natürlich sagst, wer ich bin. Da kann ich dir schon helfen, das wird gut, das wird sicher gut. Aber das planen wir dann anders.«

»Klar, natürlich.«

»Weil sonst bin ich gleich weg, das ist dir schon klar, oder?«

»Ich habe gesagt, daß alles klar ist. Alles ist klar. Und wie gings weiter?«

»Ich war dann auch bald weg vom Balkon. Es ging weiter mit Krach. Mit Krach, verstehst du.«

»Verstehe ich schon.«

»Du hast von Krach, glaube ich, keine Ahnung, nehme ich

an. Das ist ein Krach wie bei einer Nitschaktion mal hundert. Oder besser mal tausend. Oder so. Ich habe einmal in der Köllnerhofgasse eine Nitschaktion erlebt ...«

»Du bist vom Balkon weg. Auch in den Keller wie die mit dem Turban?«

»Nein. Ja, kannst du dir vorstellen! Das hätte B. nicht zugelassen.«

»Hätte er dich aufgehalten?«

»Er hat mich aufgehalten. Nicht hätte. Er hat. Ich wollte in den Keller. Er hat die Tür zum Zimmer abgesperrt, und der Schlüssel war in seiner Hosentasche. Ich habe dich fair gefragt, sagte er, ich habe dich gefragt, als noch gar nichts war. Da hast du klar gesagt. Und das stimmte ja auch. Ich habe mich im Zimmer auf den Boden gelegt. Und dann habe ich mich unter das Bett gelegt, als es richtig losging.«

»Und was waren die Quellen?«

»Was meinst du?«

»Die Quellen für deine Artikel. Die Informationen – woher hattest du die?«

»Also wenn ich ehrlich bin, von CNN. Wir sind in der Hotelhalle gesessen und haben CNN angeschaut. Und wir sind durch die Stadt gegangen. Nicht weit. Das war nicht erlaubt. War auch nicht nötig. Wenn du von diesen Städten einen Winkel siehst, dann hast du alles gesehen. B. hat gesagt, es kommt nicht darauf an, was du berichtest. Ich habe ihn nicht verstanden. Wie meinst du das? habe ich gefragt. Wir sind doch Kriegsberichterstatter. Da soll es nicht darauf ankommen, was ich berichte? Da hat er mich aufgeklärt. Er sagte: Hör zu, du berichtest für eine Zeitung in einem demokratischen Land. Da berichten alle dasselbe, nämlich die Wahrheit. Soweit sie eben zu haben ist. Mehr als die Wahrheit, sowie sie eben zu haben ist, kannst du auch nicht berichten. Also kommt es auf das Was letztendlich nicht an. Sondern auf das Wie. Und so habe ich meine ganzen Eindrücke, aus denen ich dann diese Reportage, die einigermaßen berühmt geworden ist, gebaut habe, die meisten

Eindrücke habe ich unter dem Bett gesammelt. Das ist kein Witz.«

»Als B. draußen auf dem Balkon saß.«

»Ja. Das ist die Wahrheit. Ich habe mich in einen Menschen versetzen können, der Angst hat. B. hat sich nie in so einen Menschen versetzen können. Das habe ich ihm voraus gehabt. Verstehst du?«

»Die Angst ist ein guter Informant im Krieg.«

»Der beste.«

»Das hast du B. voraus.«

»Ich habe ihn gefragt, ob er Angst gehabt hat bei seinen Infarkten.«

»Er hat keine gehabt. Habe ich recht?«

»Er hat keine Angst gehabt. Er hat zu mir gesagt, ich solle ihm Angst definieren. Dann könnte er mir sagen, ob er welche gehabt habe oder nicht. Aber ich konnte ihm Angst nicht richtig definieren. Jedenfalls nicht so, daß er damit zufrieden war. Er hat sich jedes Wort der Definition ebenfalls definieren lassen. Und dann so weiter. Da bist du nach drei Runden K.O. Einmal habe ich ihn beim Essen eines Wurstbrotes beobachtet. Das war in Jordanien, an der Straße nach Amman. Es war am Nachmittag und wir waren saumüde. Es war eine Straße durch die Wüste, eigentlich war alles grau, auch der Himmel, obwohl keine Wolken da waren, ich glaube, meine Augen haben alles grau gemacht vor Müdigkeit. Gleichzeitig aber war ich voll Adrenalin. B. hat gesagt: Du mußt schlafen! Ich habe gesagt: Ich kann nicht schlafen. Er sagte: Man kann schlafen, wenn man muß. Ich sagte: Was? Hier schlafen? Wo hier? An der Straße? Wo? Er sagte: Du im Auto, ich lege mich draußen in den Schatten vom Auto. Ich sagte: Das kommt ja überhaupt nicht in Frage! Ich bin der Jüngere, du bist der Ehrwürdigere. Aber er hat abgelehnt. Er draußen auf dem Boden, ich drinnen auf den Liegesitzen.«

»Hast du wirklich gesagt, er sei der Ehrwürdigere?«

»Ja. Ich habe ihn manchmal mit ehrwürdiger Herr angesprochen. Halb als Witz, halb im Ernst. Und er hat gewußt, daß es halb Witz halb Ernst ist. Und das hat ihm gefallen. Wir haben geschlafen. Ich habe dann auch geschlafen. So fest sogar, daß er mich wecken mußte, rütteln. Jetzt wird gegessen, sagte er. Was essen? fragte ich. Was sollen wir hier essen? Hier gibt es nichts. Er hat seinen Koffer aufgemacht und hat Wurstbrote herausgeholt. Die waren in Klarsichtfolie eingeschweißt. Das kann man essen? habe ich ihn gefragt. Wann sind die eingeschweißt worden? Die kann man nicht mehr essen, die sind schlecht. Hier sind Wüstentemperaturen, habe ich ihn angeschrien, die Wurst ist hinüber, Mensch! – Dann eben nicht, sagte er und setzte sich neben den Wagen in den Sand. Den Weltempfänger mit Batterien hat er neben sich laufen lassen. Und dann hat er gegessen. Ein Wurstbrot nach dem anderen. Ich habe mich nicht getraut zu essen. Er hat gesummt und gemurmelt und gekichert und Furzgräusche mit den Lippen gemacht. Eine grelle Frauenstimme hat im Radio einen Countrysong gesungen, und der Sender hat gestört, eine dünne, wispernde Musik. Aber Musik. Und von weit her. Mir war, als ob ich dort zu Hause wäre. Eben dort, wo solche Musik gemacht wird. Ich weiß ja, es wäre ganz egal gewesen, was für eine Musik aus diesem Weltempfängerklotz gekommen wäre, sie hätte in diesem Augenblick für mich auf alle Fälle so geklungen, als ob sie von dort her käme, wo ich zu Hause bin. Kein Verkehr war auf der Straße. Kein Wind blies. Zu hören waren nur die Eßgeräusche von dem Mann, der neben dem Auto im Sand saß. Im Schatten. In seiner Gegenwart gab es für mich nichts zu fürchten. Ich sah bei jedem Bissen seine Ohren sich auf- und abbewegen. Braune Ohren, wie in glattes Leder gestanzt. Schöne Ohren. Das Jüngste an seinem Kopf waren die Ohren. Ein kahlgeschorener Kopf. Der nicht rund war. Der auf seinen Schultern stand wie eine Gaskartusche auf einem Bock. Mir fiel ein, daß mir eine Kollegin aus seiner Redaktion einmal erzählt hatte, daß er immer, wenn er während einer Besprechung besonders aufgeregt war, eine Tube mit gesüßter Kondensmilch aus seinem Schreibtisch geholt und sich einen Mund voll davon genehmigt habe. Er war enttäuscht von mir. Er redete nicht mit mir. Weißt du, wie das war? Es war, wie wenn der Vater mit dem Sohn einen Sonntagsausflug macht und sich die beiden dabei zerstreiten. Er war böse auf mich, weil ich sein Wurstbrot nicht essen wollte. Und ich war böse auf ihn, weil er mir sein Wurstbrot hatte aufzwingen wollen. Beide waren wir bockig. Er nahm einen Schluck Wasser aus der Zweiliterplastikflasche und reichte mir die Flasche über seine Schulter herein. Drehte dabei den Kopf keinen Millimeter mir zu. Ich nahm die Flasche und trank. Die Öffnung war noch warm von seinem Mund und schmeckte nach Wurst. Und als er mit dem Essen fertig war und nur noch sein blankes, unbewegliches Gesicht übrig war, da hat er vor sich hingeschaut. O lange! O Gott, so lange! Und die Frau im Radio hat gewimmert und dann hat eine Hawaiigitarre gewimmert und dann hat ein Mann gesungen. Ich habe den bewegungslosen Rücken gesehen, und wenn ich mich vom Beifahrersitz ein wenig vorgebeugt habe, habe ich das Gesicht von der Seite gesehen. Ich habe mich nicht getraut, ihn bei seiner Betrachtung zu stören. Dabei weiß ich gar nicht, was er eigentlich betrachtet hat. Das ganze Auto hat nach Wurst gerochen. Obwohl er seine Wurstbrote draußen gegessen hatte. Aus dem Mund hat er immer noch nach Wurst gerochen, als wir schließlich am Abend in die Hauptstadt von Jordanien eingefahren sind.«

In einer Bar in Salzburg ist diese Geschichte erzählt worden.

Der traurige Blick in die Weite

Es war einmal eine junge Frau, die lebte während des Zweiten Weltkriegs in der oberfränkischen Stadt Coburg, und diese Frau liebte es zu gehen. Und sie ging schnell. »Langsam gehen macht müde«, sagte sie. Tagelang ging sie die Umgebung ihrer Heimatstadt ab. Sie liebte es, allein zu gehen. Es war ihr lästig, wenn sich jemand anbot, sie zu begleiten. Denn niemand ging ihr schnell genug. Sie wollte denken und träumen. Krieg herrschte, da hat der Konjunktiv Konjunktur.

Die Umgebung von Coburg ist hügelig, an manchen Stellen reißen weiße Felsen aus dem Boden. Dort machte die Frau Rast, kühlte sich ab, trat wieder in die Wirklichkeit ein. Beobachtete die Eidechsen und die Salamander. Es ist ein romantisches Land, dieses Oberfranken, ein Land für vergrübelte, weltfremde Menschen, so deutsch wie nur wenige andere Gegenden in Deutschland, so deutsch wie das beste Vorurteil. Jean Paul hat hier gelebt, hat hier seine provinziellen, welthaltigen Romane geschrieben, Friedrich Rückert hat hier gelebt, hat hier von einer weltweiten friedlichen Durchdringung der Kulturen geträumt. Deutsche Winkeligkeit und Ironie fanden hier ihren Boden, und es wuchsen die schönsten Blumen daraus. Und so eng heimatlich diese Weltsicht einerseits war, immer war sie vermählt mit Fernweh. Es ist viel darüber nachgedacht worden, ob das deutsche romantische Heimweh nicht eigentlich Fernweh und umgekehrt, ob wiederum das Fernweh nicht eigentlich Heimweh sei; Heimweh nach einer verlorenen Zeit allerdings, genaugenommen nach einer Zeit, die es nie gegeben hat; die in den Märchen der Brüder Grimm mehr Realität für sich beanspruchen kann als in der Wirklichkeit – Wirklichkeit hinter den sieben Bergen …

Die junge Frau wanderte durch die Laubwälder Oberfrankens und über die Wiesen, und der Friede der Landschaft und die Verschwärmtheit ihres Herzens paßten nicht zur Politik ihrer Zeit. Sie verachtete die Politik. Sie fürchtete sich davor. Sie schämte sich für sie. Angesichts eines Salamanders erschien ihr Politik als Zeitverschwendung und verantwortungslose Gleichgültigkeit gegenüber der Schöpfung. Aber die Politik scherte sich nichts um Naturliebe und Traumschwärmerei einer jungen Frau. Mit den Nazis wollte die junge Frau nichts zu tun haben. Sie wollte nicht einmal an sie denken. Es war für ihre Seele gesünder, nicht daran zu denken. Bevor sie eine Stelle in der Handwerkskammer bekommen hatte, war sie Sekretärin eines jüdischen Notars gewesen.

Sie las Goethes Faust. Das Buch war Trost für sie. Sie konnte sich nicht vorstellen, daß der Unmensch dieselben Zeilen lesen mochte. Der Faust würde ihr ein Leben lang Trost sein. Viele Verse konnte sie auswendig. Es war ihr geheimer Ehrgeiz, eines Tages den ganzen Faust auswendig zu können, den ersten Teil und den zweiten Teil. Besonders liebte sie den zweiten Teil. Auf ihren Wanderungen hatte sie Brot bei sich, Wurst vielleicht, hartgekochte Eier manchmal, eine Wasserflasche, einen Apfel – und den Faust. Den Rucksack aus grobgrünem Leinen sollte sie ebenfalls ein Leben lang behalten.

Dann ließ sich der Krieg nicht mehr ignorieren. Bomben fielen auf deutsche Städte. Dem Geist wurde die Seele genommen. »Die Deutschen habe sich mit dem Teufel an den Tisch gesetzt und haben nicht bedacht, daß der Teufel einen langen Löffel hat«, sagte die Frau später, als der Krieg vorbei war. Immer wieder sagte sie diesen Satz. Da wollte sie nichts mehr wissen von Deutschland. Deutschland war ihr nur noch, was es vor dem Krieg gewesen war. Sie beschrieb es wie ein Märchenland. Gegenwart gab es für Deutschland nicht mehr.

Die Bomben fielen, sie fielen auf das nahe Schweinfurt, auf Nürnberg, wo Verwandte lebten. Die Stadt Hamburg im Norden, so hörte man, die soll es gar nicht mehr geben. Für den Norden hatte sich die Frau nie sonderlich interessiert. Die Richtung ihrer Sehnsucht war der Süden. Italien. Jenseits der Berge …

Bei Bombenalarm, wenn alle in die Keller flüchteten, spazierte die Frau durch die menschenleere Stadt Coburg. Da zügelte sie ihren Schritt zu einem Schlendern. Die Sterne sollten sehen, daß sie keine Angst hatte. »Ach«, sagte sie, »die Alliierten werden Coburg nichts tun, dafür werden die Engländer schon sorgen. Die Engländer sind doch verwandt mit uns.« Und sie hatte recht. Es fielen keine Bomben auf ihre Heimatstadt. Später sagte die Frau: »Nie war Coburg so schön wie während der Bombenalarmnächte.« Die Frau war eine leidenschaftliche Spaziergängerin, aber erst in der Gefahr der Bombennächte hatte sie gelernt, langsam zu gehen.

Coburg war eine protestantische Stadt, und die Frau war katholisch. Sie war sehr katholisch. Sie war über alle Maßen katholisch. Sie kannte viele Geschichten von Heiligen. Sie kannte ihre Zuständigkeit. Ihr Wunschtraum war, irgendwann einmal eine Pilgerreise nach Rom zu machen. Sie wollte den Heiligen Vater sehen. Natürlich wollte sie den Heiligen Vater sehen, das will jeder Katholik in der Diaspora. Das war das Ziel. Aber eigentlich ging es ihr um den Weg. Eine Pilgerreise definiert sich zwar durch das Ziel, ihr Zweck aber liegt im Weg.

Die Frau wollte, das war ihr schönster Traum, sie wollte zu Fuß über die Alpen gehen. Wollte den Faust mitnehmen und ihn unterwegs auswendig lernen. Davon träumte sie. Sie sah sich zwischen den weißen Dolomiten stehen, die aussahen wie die Wolkenkratzer der fernen amerikanischen Städte, sie sah sich, einen Fuß auf einen Felsbrocken gestützt, laut aus dem Faust zitieren, so laut, daß die herrlichen Berge widerhallten.

Sie stellte Berechnungen an. Wieviel Zeit würde so eine Reise benötigen? Würde man ihr bei der Handwerkskammer so lange unbezahlten Urlaub geben? Würde sie nach ihrer Rückkehr aus Rom dieselbe Stelle wieder bekommen? Ihr Chef war kein Nazi, er schwieg nur und zog die Brauen hoch. Sie sprach mit ihm.

Er sagte: »Da muß man schauen, man wird etwas finden, es muß ja nicht gleich morgen sein, oder?«

»Nein, morgen nicht«, sagte die Frau.

»Und warum gerade Rom?« fragte er.

Da antwortete sie vorsichtig: »Eigentlich die Alpen, die Alpen locken mich, Herr Ortmann.«

Die Pilgerreise über die Alpen nach Rom wurde zu einer fixen Idee.

Dann lernte die Frau einen Soldaten kennen. Der Mann war sieben Jahre jünger als sie, und er stammte aus Österreich. Aus den Bergen. Das war sicher ein Bonus für ihn. Sie sahen sich nur wenige Tage, dann mußte er zurück in den Krieg. Sie schrieben einander Briefe. Hundertdrei Briefe sie, er vierundachtzig. Dann heirateten sie, er in Uniform, sie in Weiß. Sie hatten sich erst wenige Tage in ihrem Leben gesehen, aber der Krieg hatte es eilig, und darum hatten es die beiden eben auch eilig.

Dann ging der Krieg zu Ende, und nichts mehr war so, wie es vorher gewesen war, auch die Träume waren nicht mehr so, wie sie vorher gewesen waren. Heimweh und Fernweh brachen aus ihrer Umarmung, deutsches Ideal und deutsche Wirklichkeit waren von nun an auf immer getrennt. Das Land des Jean Paul, des Friedrich Rückert, der Brüder Grimm, das Land Goethes, es hatte sich endgültig von der Wirklichkeit abgewandt. In der Wirklichkeit gab es Romantik und Poesie nicht mehr. Die Städte waren zerstört. Die Seelen waren zerstört.

Die Frau hörte nichts von ihrem Mann. Sie wußte nicht, ob er gefallen war, ob er offiziell als vermißt galt, ob er sie vergessen hatte. Sie hatte ihn nicht vergessen. Der Faust war

Trost. Sie las ihn leise. Heimlich. Als wäre er eine unanständige Lektüre.

Dann erfuhr sie, daß ihr Mann nach Österreich zurückgebracht worden war. Sie machte sich auf den Weg. Erst durfte sie nicht nach Österreich einreisen. In München lebte sie ein gutes Jahr, dann ging sie zu Fuß von München zur österreichischen Grenze bei Bregenz.

Sie erinnerte sich an die Wanderungen durch Oberfranken. Die waren in einer anderen Welt gewesen. Und nun – für wenige Tage war die deutsche Romantik wieder stark. Später wird sie sagen: Der Fußmarsch von München zur österreichischen Grenze sei die schönste Zeit in ihrem Leben gewesen. Sie war eine fröhliche, eine optimistische Frau. Wenn sie zurückblickte, gab es nur schöne Zeiten in ihrem Leben. Ebenso wie sie nur Lieblingsspeisen kannte.

Als sie so an der Straße von München zum Bodensee entlangging, dachte sie bei sich: Wenn ich meinen Mann, den ich, wenn ich ehrlich bin, ja überhaupt nicht kenne, wenn ich ihn nicht finde, dann gehe ich einfach weiter, gehe über die Alpen, gehe nach Rom.

Den Faust hatte sie bei sich, den hatte sie, als sie Coburg verlassen hatte, in ihren Rucksack gesteckt. Alles ist verloren, dachte sie, über meine Stelle bei der Handwerkskammer brauche ich mir keine Gedanken zu machen. Nie wieder wird eine so gute Gelegenheit sein, einen Traum zu verwirklichen, denn es gibt nichts, worauf man Rücksicht nehmen muß.

Sie fand ihren Mann, mußte ihn erst kennenlernen, lernte ihn kennen – und nahm Rücksicht.

Meine Mutter war eine sehr kleine Frau. Sie behauptete immer, sie sei einen Meter fünfzig groß. Wir aber wußten, sie ist nicht ganz einen Meter fünfzig groß. Wir haben ihr nie widersprochen.

Meine Mutter hatte eine Eigenschaft, die war bei ihr besonders ausgeprägt, und die hat manche Menschen arg in

Verlegenheit gebracht. Meine Mutter war der freigebigste Mensch, der sich denken läßt, und jeder, der ihr näher kam, der mit ihr gelacht hat, der sich ihre deutschen Geschichten von vor dem Krieg angehört hat, der in den Genuß ihrer Kuchen gekommen war, der hat sich davor gehütet, etwas in unserem Haus schön zu finden, sei es eine Vase, sei es ein Kopfkissenbezug, sei es ein Bilderrahmen, denn sie hat es ihm sofort geschenkt. Daß Kinder von vornherein davon ausgehen, daß alles, was der Mutter gehört, auch ihnen gehört, das ist bekannt. So kam es, daß meine Mutter außer der alten, fleckigen Faustausgabe, nichts besaß. Alles haben meine Schwester und ich ihr abgeluchst. Vor dem Faust hatten wir Respekt. Ein aufgequollenes Buch.

Ich glaube, abgesehen von diesem Buch gab es nichts, was meine Mutter als ihr Eigentum empfand – außer einem, und das bezeichnete sie als »meine Krankheit«. – Meine Mutter saß im Rollstuhl.

Ich kannte meine Mutter nur an Krücken gehend oder mit einem Stützapparat oder im Bett liegend oder sitzend im Rollstuhl. Zu meiner Beschämung muß ich sagen, ich wußte nie ganz genau, was sie hatte, was es für eine Krankheit war, die sie am Gehen hinderte.

Was war geschehen, daß sie nicht mehr gehen konnte, sie, die so viele Wege Oberfrankens gegangen war, so schnell gegangen war, daß ihr niemand folgen konnte, die erst in der Gefahr gelernt hatte, langsam zu gehen, die zu Fuß von München nach Vorarlberg gegangen war, die über die Alpen nach Rom hatte gehen wollen, um den Papst zu besuchen, was war geschehen? Ich wußte es nicht. Das wurde bei uns zu Hause nie besprochen. Ich habe nicht das Gefühl, daß es verschwiegen wurde; nein, mir kommt vor, als habe nie eine Notwendigkeit bestanden, jedenfalls nicht für uns Kinder, darüber nachzudenken oder nachzufragen.

Das Verhalten meiner Mutter war nämlich so, daß ich ihre Behinderung nie als eine Krankheit begriffen habe. Sie sprach über ihre Krankheit, nicht über deren Ursache, das nicht, aber darüber, wie sie mit der Krankheit umging. Sie war stolz darauf, daß sie die Krankheit meisterte und nicht umgekehrt, sie sprach gern darüber, wie die Krankheit schließlich überwunden werden würde, darüber sprach sie am liebsten. Sie glaubte nicht daran, daß sie immer, ein Leben lang, auf Krücken, Stützapparat oder Rollstuhl angewiesen sein würde.

Die Wahrheit lautet: Meine Mutter war stolz auf ihre Krankheit. Nichts besaß sie, kein Stück Eigentum hatte sie, nur diese Krankheit. Und ihren Kampf dagegen. Und die vielen Siege. Wenn jemand zu Besuch war, und er war länger als zwei Stunden bei uns und er hat meine Mutter nicht gefragt, warum sie im Rollstuhl sitze, dann hat sie das hinterher als eine Unhöflichkeit empfunden. Sie hat hinterher gesagt, er hat mich nicht einmal gefragt, warum ich im Rollstuhl sitze.

Einmal habe ich mit ihr gemeinsam den Frankfurter Zoo besucht. Es fing an zu regnen, und wir stellen uns im Giraffenhaus unter und warteten, bis der Regen vorbei war. Meine Mutter saß im Rollstuhl, eine Decke über den Knien. Die Giraffe beugte ihren Kopf zu ihr nieder und betrachtete sie, und da habe ich gesehen, daß meine Mutter dem Weinen nahe war. Als es dann zu regnen aufgehört hatte, fuhren wir zum Flughafen hinaus, da ging es ihr dann wieder gut, und als ich sie im Rollstuhl über die Rolltreppe hinaufhiefte, da lachten wir beide über das Wortspiel Rollstuhl auf Rolltreppe so sehr, daß sich die Leute nach uns umdrehten.

Meine erste Erinnerung, eine schattenhafte Erinnerung, zeigt mir meine Mutter als Gehende. Diese Erinnerung ist wie ein Traum, wankend, wie auf Qualm projiziert. Es war Winter. Wir sind durch den Schnee spaziert. Sind wir durchs Ried gegangen? Oder waren wir in den Bergen? Ich weiß es nicht. Meine Schwester muß dabei gewesen sein, sie ist eineinhalb Jahre älter als ich, mein Vater war dabei. Es ist, als schaute ich durch ein Fenster und sähe Schatten im Schnee.

Mein Vater sagte zu uns Kindern, er folge der Spur des Heiligen Nikolaus, wir sollten hinter ihm hergehen. Meine Mutter hielt uns an den Händen. Es gibt ein Foto von meiner Mutter, da steht sie im Schnee, sie hält den Kragen ihres Mantels mit einer Hand fest, auf dem Kopf trägt sie eine gescheckte Pelzmütze aus Katzenfell. So wird sie damals ausgesehen haben, denke ich mir. Nach einer Weile kam der Vater zurück, sagte, er habe die Spur des Nikolaus verloren. Meine Mutter kicherte. Wir gingen weiter. Da war ein Holzschopf. Hier, sagte mein Vater, hier habe er die Spur des Heiligen verloren. Wir betraten den Schopf, und mitten vor uns auf dem Boden lagen zwei kleine Tafeln Bensdorp Schokolade. Meine Mutter hob sie auf und sagte zu meinem Vater: »Die sind ja noch warm, du«, und lachte dabei.

Ich weiß, es ist eine unbedeutende Erinnerung, sie hat weder symbolisches Gewicht, noch ist das Geschehnis in irgendeiner Weise für das Leben eines der Beteiligten von Bedeutung. Es ist eine Geschichte ohne Pointe. Aber es ist die erste Erinnerung in meinem Leben, und es ist die einzige Erinnerung an meine Mutter als einen ohne Hilfsmittel gehenden Menschen.

Die Mutter auf Krücken, die Mutter am Stützapparat, die Mutter im Rollstuhl – das war in meiner Kindheit die Selbstverständlichkeit unseres Alltags. Erst nach dem Tod der Mutter, als auch die Selbstverständlichkeit ihrer Krankheit nicht mehr war, habe ich mich erkundigt, was es mit der Krankheit, mit der Gehbehinderung meiner Mutter auf sich gehabt hatte. Da erfuhr ich zunächst, was für eine springlustige Person meiner Mutter in ihrer Jugend gewesen war. Keine fünf Minuten habe sie ruhig sitzen können, erzählte ihre Schwester. Ja, und sie erzählte auch, daß meine Mutter schon als junges Mädchen den Wunsch gehabt habe, über die Alpen nach Rom zu gehen. Nach Rom! Meine Tante konnte sich sogar nach dem Tod ihrer Schwester noch darüber aufregen. »Über die Alpen«, rief sie aus. »Die Alpen, was hat sie sich denn darunter vorgestellt!«

Ich erfuhr, daß die Gehbehinderung meiner Mutter von der Geburt ihres letzten Kindes herrührte. Darüber war in unserer Familie zu Lebzeiten meiner Mutter nie gesprochen worden. Bei der Geburt ihres letzten Kindes, sei etwas geschehen, hieß es, was zur Folge hatte, daß meine Mutter nicht mehr gehen konnte.

Diese Nachricht traf mich. Das letzte Kind war ich. Es war, als wehte mich der Hauch eines bösen Geheimnisses an.

Mir kam zu Bewußtsein, daß ich als Kind die Krankheit meiner Mutter nicht nur als Selbstverständlichkeit, sondern sogar als eine Form von Sicherheit, von Geborgenheit, von höchster Zufriedenheit gesehen hatte. Nie hätte unsere Mutter von uns davonlaufen können. Nichts auf der Welt war mir je so sicher gewesen wie meine Mutter. Trotz der ersten, wankenden, aus Träumen erstandenen Erinnerung an den Schneespaziergang hatte ich die Krücken, den Stützapparat, den Rollstuhl als von Ewigkeit an für meine Mutter bestimmte Dinge gesehen. Für das Kind war ohne Zweifel, daß die Mutter ewig nicht gehen werde können. Daß also ihre Behinderung keine Ursache hatte. Daß sie gegeben war wie Gottes Gnade. Und nun mußte ich denken: Es gibt doch eine Ursache. Ich war die Ursache.

Dann wurde mir erklärt, nein, nicht ich sei das letzte Kind gewesen, sondern ein anderes Kind, das nach der Geburt gestorben sei, ein namenloses Kind.

Nie war mir meine Familie geheimnisvoll erschienen. In unserer erzählsüchtigen Familie, so war mir immer vorgekommen, drängte alles danach, ausgesprochen zu werden, ausgeschmückt zu werden. Meine Mutter trug ihr Herz auf den Lippen. Wenn sie zornig war, brüllte sie, daß man es drei Häuser weit hören konnte; wenn sie weinte, dann weinte sie mit allen Tränen zugleich; wenn sie lachte, dann konnte niemand etwas dagegen halten. Und nun, nach ihrem Tod, erfuhr ich, daß es Geheimnisse gab, daß es schon von Anfang an, von meinem Anfang an, Geheimnisse gegeben hatte.

Was hatte ich denn erwartet? Daß der Verlust ohne Katastrophe geschehen war?

Alle vier Jahre fuhren meine Mutter und mein Vater nach Lourdes. Es war kein Gehen über die Berge, nein, keine Pilgerreise nach Rom mit dem Faust im Rucksack. Es war eine Art Vorarbeit zu dieser großen Lebensarbeit, ja, vielleicht hat meine Mutter die Lourdesfahrten so gesehen.

Meine Mutter glaubte, in Lourdes werde sie von ihrer Krankheit geheilt. Wenn sie auf der Terrasse unseres Hauses in Hohenems saß, dann wollte sie, daß man ihr den Sessel so richtete, daß sie die Hohe Kugel sehen konnte. Die Hohe Kugel ist unser Hausberg. 1664 Meter hoch, geformt wie ein sanfter Hügel, wie ein Hügel aus dem Oberfränkischen, wächst die Hohe Kugel über einen bizarren Felsstock hinaus. Von dort oben aus kann man das ganze Vorarlberger Rheintal überblicken. An klaren Tagen kann man im Süden den Piz Buin erkennen; weit in die Schweizer Berge hinein kann man sehen, zum Hohen Kasten, zum Säntis; über den Bodensee kann man schauen ins schwäbische Land. – Irgendwo im Dunst des Nordens liegt Coburg … – Mit dreieinhalb Stunden Fußmarsch muß man von unserem Haus aus rechnen, bis man oben beim Gipfelkreuz steht, das sich an Föhntagen so deutlich gegen den Himmel abhebt. Mit einem Feldstecher kann man von dort oben auf unsere Terrasse herunterblicken. Ich glaube, alles was sich meine Mutter in ihrer Jugend unter den Alpen vorgestellt hatte, sah sie im Bild der Hohen Kugel zusammengefaßt. Nun waren die Alpen so nahe. Und nun waren sie so fern.

Alle vier Jahre fuhren meine Eltern nach Lourdes. Sie fuhren im Sommer, wenn meine Schwester und ich Ferien hatten. Unsere Großmutter paßte auf uns auf. Und immer sagte meine Mutter zu mir: »Hör zu, Michael, Ende Juli kommen wir aus Lourdes zurück. Du mußt mir zwei, drei Monate Zeit geben, bis ich mich wieder ans Gehen gewöhnt habe. Aber im Oktober dann! Im Oktober dann gehen wir beide miteinander auf die Hohe Kugel.« Ich weiß nicht, ob ich daran geglaubt habe. Vielleicht habe ich daran geglaubt, während meine Mutter davon sprach. Weil sie selbst voller Glaube war.

Und dann war es wieder soweit. Meine Eltern fuhren im Opel Record nach Lourdes. Den Kofferraum voll leerer Flaschen. Sie blieben eine Woche. Es wäre wohl naheliegend gewesen, in dieser Zeit zu Hause für meine Mutter zu beten. Das haben wir nicht getan. Mit der physischen Anwesenheit an einem Wunderort konnten ferne Gebete ohnehin nicht konkurrieren.

Dann kamen meine Eltern zurück. In der Nacht kamen meine Eltern zurück. Wir Kinder durften aufbleiben, wir warteten in den Schlafanzügen. Wir sahen vom Gangfenster aus, daß mein Vater meine Mutter aus dem Auto hob, daß er sie ins Haus trug. Von Heilung war also kein Rede. Der Kofferraum war voll Lourdeswasser. Sechzig Flaschen. Es mußte ja vier Jahre reichen. Gegen Ende zu hat es meine Mutter verdünnt, mit Hohenemser Quellwasser gestreckt, Wasser, das von der Hohen Kugel kam.

Meine Mutter saß glücklich lächelnd in der Küche und umarmte uns, und schon sprudelten die Erzählungen. Sie war nicht geheilt worden. Sie blieb im Rollstuhl. Sie war glücklich.

Sie zehrte zwei Jahre lang von der Erinnerung an Lourdes. Von der schönen Sommerwoche in der Republik der Krüppel. Wo jedes Leid übertroffen wurde von größerem Leid. Wo Rollstuhl und Krücken und Stützapparat das Normale waren. Wo die Lebensstützen zu den Menschen gehörten wie die Kleider, wo sich der Gesunde vorkam, als wäre er nackt. Zwei Jahre hat sie sich an Lourdes erinnert, hat Geschichten erzählt von Menschen, die nur noch kriechen konnten, aber krochen, von Menschen, deren Gesicht so entstellt war, daß man es nicht als Gesicht erkennen konnte, und die sich trotzdem zeigten; sie erzählte von sensationellen Heilungen, die knapp – knapp! – bevor sie selbst mit unserem Vater in Lourdes ankam, geschehen seien, ohne Neid erzählte sie von diesen Heilungen.

Zwei Jahre erzählte sie. Und dann hat sich ihr ungestüm optimistisches Gemüt in neuer Vorfreude Form verschafft. Die folgenden zwei Jahre erzählte sie, wie es sein würde, wenn sie wieder gehen könnte.

Und sie sagte: »Hör zu, Michael, Ende Juli werden wir aus Lourdes zurückkommen. Gib mir zwei, drei Monate Zeit, bis ich mich ans Gehen gewöhnt habe. Aber dann. Im Oktober. Die Hohe Kugel.«

Und sie hat sich hochgereckt an den Krücken, einen Meter fünfzig war sie groß. Groß genug für die Alpen.

Unterhaltungen in der Küche: Über fränkischen Sauerbraten

»Den einfachen Sauerbraten«, sagte meine Mutter, »gab es durchaus auch manchmal mitten im Jahr an einem gewöhnlichen Sonntag. Den großen Sauerbraten aber gab es nur am Ostersonntag.«

»Auch an Pfingsten«, sagte meine Großmutter.

»Schon«, sagte meine Mutter, »Aber dann gab es den Sauerbraten zusammen mit rohen Klößen. Den Sauerbraten mit Serviettenkloß, wie er eigentlich gehört, den gab es, wenn du ehrlich bist, nur an Ostern.«

»Wenn es Fleisch gab.«

»Gab es immer.«

»Ja, wo denkst du hin, Paula!« rief meine Großmutter aus. »Wo denkst du hin!«

»Wieso?« tat meine Mutter überrascht. »Sogar '44 an Ostern gab es noch Fleisch. Auch '45 noch.«

»'45? Kann ich mich nicht erinnern!«

»Doch! Erinnere dich! Das Montags Marichen hat an Ostern '44 Fleisch mitgebracht. Und sie hat bei uns mitgegessen.«

»Ich kann mich nicht erinnern, daß das Montags Marichen an Ostern '44 bei uns mitgegessen hätte. Nicht Sauerbraten mit Serviettenkloß, nicht an Ostern.«

»Doch hat sie.«

»Das bildest du dir ein, Paula!«

»Das bilde ich mir doch nicht ein! Ich sehe doch das Fleisch noch vor mir! Eingewickelt in einen Kopfkissenbezug.«

Ich hörte zu. Mir erzählten sie, meine Mutter und meine Großmutter. Einen brauchten sie zum Zuhören. Warum hätten sie sich auch gegenseitig Dinge erzählen sollen, die sie ohnehin wußten. Aber wenn sie mir erzählten, konnten sie sich gegenseitig erzählen. Am Küchentisch saßen wir, tranken Bohnenkaffee, aßen Windmühlen aus Hefeteig, die mit Staubzucker bestreut waren. Meine Mutter hatte ihren Stützapparat entsichert. Sie saß beim Fenster, zwischen Spüle und Küchentisch. Meine Großmutter trug ihre Schürze mit dem Blümchenmuster. Ich saß im Eck unter dem Medikamentenkasten.

»Der große Sauerbraten«, sagte meine Mutter zu mir, »benötigt einige Vorbereitungen.«

»Das kannst du laut sagen«, bestätigte meine Großmutter. »Fleisch, Knochen, Gemüse.«

»Vor allem Knochen!«

»Markknochen vor allem!«

»Warum vor allem Markknochen?« hatte ich zu fragen.

»Wegen der Suppe«, antwortete einmal meine Mutter, ein andermal meine Großmutter.

»Am ersten Tag«, sagte meine Mutter, »wird die Suppe gemacht. Sellerie, Gelberüben, Lauch, Zwiebel, Fleisch, Knochen. Du schneidest die Zwiebel in Hälften und legst sie mit der Schnittfläche nach unten auf die heiße Herdplatte.«

»Wenn du Strom hast«, sagte meine Großmutter. »Wenn du Gas hast, geht das nicht.«

»Natürlich nicht«, sagte meine Mutter. »Aber hier in Hohenems haben wir Strom.«

»Aber ich Coburg hatten wir Gas.«

»Da hatten wir Gas, ja. Da legten wir die Zwiebel in die große Pfanne.«

»Ohne Fett aber.«

»Natürlich ohne Fett. Und aufpassen, daß sie nicht schwarz werden. Fast schwarz sollen sie werden, aber nicht ganz schwarz. Dann herausnehmen und mit Wasser ablöschen. Damit das gute Angebrannte weggewaschen wird. Das brauchst du nämlich noch. Das gibt Farbe. Dann nimmst du den großen Topf.«

»Den großen Eisentopf.«

»Wir haben hier in Hohenems keine Eisentöpfe! Gott sei Dank!«

»Aber in Coburg hatten wir welche.«

»In Coburg hatten wir einen. Nur einen. Und in den haben wir die Zwiebelhälften gegeben und das geputzte Gemüse dazu.«

»Mit Fett diesmal.«

»Mit Öl.«

»Oder Schweinefett. Habe ich lieber.«

»Oder Schweinefett. Richtg. Habe ich auch lieber. Tut man heute aber nicht mehr.«

»Pfeffer nicht vergessen«, sagte meine Großmutter und schmunzelte, als wäre Pfeffer etwas Unanständiges. »Auf alle Fälle Pfeffer!«

»Pfefferkörner«, präzisierte meine Mutter. »Und zerdrückte Wacholderbeeren. Und Lorbeer.«

»Und Salz!«

»Und Salz, ja. Und Liebstöckel. Und dann das Fleisch dazu.«

»Du hast Petersilie vergessen, Paula.«

»Petersilie muß man nicht extra sagen. Das ist selbstverständlich.«

»Und Petersilienwurzeln.«

»Alles dazu zum Fleisch.«

»Und die Knochen. Du hast die Knochen vergessen. Das Wichtigste!«

»Ich habe die Knochen natürlich nicht vergessen.«

»Aber die Markknochen hast du vergessen.«

»Habe ich auch nicht vergessen.«

»Wenn man welche kriegt!«

»Markknochen«, trumpfte meine Mutter auf, »Markknochen hat man immer gekriegt. Nicht einmal Schleichwege waren dazu nötig.«

»Ja, kannst du dir denken!« widersprach meine Großmutter. »Was ich in meinem Leben wegen Markknochen schon gerannt bin!«

»Beim Schleicher hast du immer Markknochen gekriegt. Auch in den schlimmsten Zeiten.«

»Wenn, dann eher beim Grossmann!«

»Ach, das ist doch egal!«

»Das ist nicht egal, Paula! Beim Grossmann hat man Markknochen gekriegt.«

»Na, gut. Hauptsache, man hat welche gekriegt. Jedenfalls, das alles in den Eisentopf und Wasser dazu.«

»Und einen kleinen Schuß Essig.«

»Richtig. Und das gibt die Suppe ab.«

»Hoffentlich ist das Fleisch richtig fett.«

»Das ist es. Das ist es.«

»Und das Mark, das kriege ich!« sagte meine Großmutter. »Und das esse ich ohne etwas dazu. Da brauche ich kein Brot dazu. Das lasse ich im Mund, bis es von allein hinunterrinnt.«

Meine Mutter schüttelte den Kopf. Dann sagte sie: »Und alles bei kleiner Flamme kochen lassen. Das gibt die Suppe. Eine gute Suppe. Das Fleisch kann man nicht mehr essen hinterher. Das ist wie Stroh. Und soll auch so sein. Das Fleisch soll alles hergeben.«

»Ich habe es immer gegessen«, sagte meine Großmutter.

»Ich nicht«, sagte meine Mutter.

»Und dann?« fragte ich.

»Dann kommt der zweite Tag dran. Der eigentliche Kochtag.«

»Ach Gott, Paula!« rief meine Großmutter und schlug sich an die Stirn. »Wir bringen alles durcheinander! Es fängt nicht mit der Suppe an! Wir müssen doch den Braten zuerst einlegen!«

»Der liegt doch schon seit vier Tagen!«

»Das haben wir ihm aber nicht gesagt. Haben wir dir das gesagt, Michael, daß der Braten seit vier Tagen bereits liegt?«

»Nein«, sagte ich, »diesmal habt ihr es vergessen zu sagen.«

»Also dann alles zurück!« lachte meine Mutter. »Vier Tage zurück! Aber die Suppe merkst du dir!«

»Die merke ich mir«, sagte ich.

»Du mußt ein gutes Stück Rindfleisch von der Schulter einkaufen.«

»Nur Schulter«, sagte meine Großmutter. »In den schlimmsten Zeiten haben wir lieber keinen Sauerbraten gemacht, als daß wir Fleisch nicht von der Schulter genommen hätten. Stimmts, Paula?«

»Ach, weißt du«, sagte meine Mutter. »In den schlimmsten Zeiten hat alles Fleisch wie Schulterfleisch geschmeckt.«

»Da hast du auch wieder recht«, sagte meine Großmutter. »Es muß mit einer feinen Leimspur durchzogen sein.«

»Was ist das?« fragte ich.

»Nicht Fett«, sagte meine Mutter. »So eine Art Bindegewebe.«

»Weiß ist es«, sagte meine Großmutter. »Das Fleisch habe zumindest ich immer beim Grossmann eingekauft. Die Knochen manchmal beim Schleicher, das gebe ich zu. Aber das Fleisch immer beim Grossmann.«

»Da hat sie recht«, sagte meine Mutter. »Vier Pfund müssen es mindestens sein. Besser sechs Pfund. So. Und jetzt kommt das Einlegen. Jetzt wird es schwierig. Jetzt mußt du dich entscheiden. Entweder für deine Mutter oder für deine Großmutter. Die Oma mag den Braten lieber in Buttermilch einlegen. Ich in Wein.«

»Besser wird er natürlich in Buttermilch«, sagte meine Großmutter.

»Noch besser in Wein«, sagte meine Mutter.

»In Wein legen ihn die Rheinländer ein«, sagte meine Großmutter.

»Stimmt nicht. Die in Thüringen haben ihn auch in Wein eingelegt.«

»Aber in Coburg legt ihn jeder in Buttermilch ein«, beharrte meine Großmutter.

»Früher vielleicht. Vor dem ersten Krieg vielleicht.«

»Damals sowieso.«

»Aber später, zu meiner Zeit«, sagte meine Mutter, »hat ihn jede vernünftige Hausfrau in Wein eingelegt. Im Prinzip macht das nicht so einen Unterschied.«

»Ich bitte dich, Paula!« empörte sich meine Großmutter. »Himmelhoch ist der Unterschied! Schau dir doch Buttermilch an«, sagte sie zu mir. »Gibt es etwas Reineres, Weißeres, etwas Appetitlicheres? Die reine, gute Buttermilch, wie man sie auf dem Markt bekommen hat. Oder beim Milchmeinert. Bei Buttermilch gibt man nur Pfeffer dazu. Buttermilch und Pfeffer. Sonst nichts.«

»Richtig«, sagte meine Mutter. »Buttermilch und viel gemahlenen Pfeffer. Bei Wein gibt man Gemüse dazu. Zwiebel, Sellerie, Gelberüben, Lauch, Lorbeer, Orangenscheiben, Pfefferkörner, zerdrückte Wacholderbeeren. Und ja kein Salz!«

»Ja kein Salz!« bestätigte meine Großmutter.

»Und ob du Buttermilch nimmst oder Wein, das Fleisch muß ganz bedeckt sein. Und vier Tage muß es liegen.«

»An Weihnachten kann es auch fünf Tage liegen. Wenn es in der Speis kälter ist. Sogar sechs Tage.«

»An Ostern nur vier Tage. Und dann nimmst du das Fleisch heraus. Trocknest es ab. Den Wein und das Gemüse kannst du noch brauchen. Im Gegensatz zur Buttermilch. Die mußt du wegschütten.«

»Aber das schadet nichts«, wehrte sich meine Großmutter. »Das Beste hat das Fleisch in sich aufgenommen.«

»Den Wein mit dem Gemüse und den Gewürzen stellst du dann auf den Herd und kochst alles so richtig durch. Kochst es so lange, bis das Gemüse weich ist. Bis es ganz weich ist. Dann schüttest du alles zusammen in den Mixer und mixt es glatt durch.«

»Wir hatten keinen Mixer. Wir haben es passiert. Durch den feinen Passierer.«

»Heute ist das einfacher.«

»Ja. Aber ob es auch besser ist?«

»Es schmeckt genauso.«

»Ich weiß nicht.«

»Das weißt du genau.«

»Manchmal denke ich, es schmeckt nicht genauso gut«, sagte meine Großmutter sehr nachdenklich.

»Wie auch immer. Nun brätst du das Fleisch sehr scharf auf allen Seiten in der Pfanne an und löschst mit ein wenig Wein das gute Angebrannte von der Pfanne ab. Dann legst du das Fleisch in die Soße und zwar in den großen Topf und stellst den Herd auf kleine Hitze. Auf eins. Oder auf halb nur. Und läßt das Fleisch drei Stunden auf dem Herd.«

»Mindestens!«

»Ja, mindestens.«

»Und was macht man, wenn man das Fleisch in Buttermilch eingelegt hat?« fragte ich.

»Dann gießt man jetzt genauso Wein dazu«, sagte meine Mutter.

»Aber nur guten Wein«, sagte meine Großmutter.

»Nur den besten Wein«, gab ihr meine Mutter recht. »Lieber trinke ich den guten Wein und gebe den besten zur Soße. Und jetzt kommt der eigentliche Kochtag. Über Nacht läßt man das Fleisch in der Weinsoße abkühlen. Am nächsten Tag nimmt man das Fleisch heraus und kocht die Soße ein. Achtung, daß sie nicht am Boden ansitzt! Dann wird sie bitter. Aber sie muß so sehr einkochen, daß fast nichts mehr übrig ist. Du mußt rühren, rühren, rühren. Wie Sirup muß die Soße sein, wie ganz dunkler Sirup. Und knapp bevor sie ansitzt, gießt du Suppe auf. Die Suppe hast du dir gemerkt?«

»Die habe ich mir gemerkt«, sagte ich.

»Und dann läßt du alles schön aufkochen. Läßt es fünf Minuten lang kochen. Dann läßt du die Soße etwas abkühlen und schüttest sie in den Mixer.«

»Wenn man einen hat«, gab meine Großmutter zu bedenken.

»Wir haben einen.«

»Jetzt schon, Paula, jetzt schon.«

»Und jetzt kommt der Trick!« wandte sich meine Mutter wieder an mich. »Du nimmst ein Stück Gorgonzola und gibst das Stück ebenfalls in den Mixer. Und dann nimmst du ein Stück alten Lebkuchen, ein ordentliches Stück und gibst das Stück auch in den Mixer. Du wartest, bis der Lebkuchen weich ist. Dann mixt du alles durch.«

»Und wieviel Lebkuchen und wieviel Gorgonzola gebe ich dazu?« fragte ich.

»Nach Gefühl«, sagte meine Mutter.

»Und was sagst du, Oma?«

»Ich habe nie Gorgonzola dazugegeben. Nur Lebkuchen. Den Grogonzola hat deine Mutter erfunden.«

»Die Edith hat das auch gemacht«, sagte meine Mutter.

»Die hat es von dir«, sagte meine Großmutter.

»Keine Spur! Die Edith hat das von der Tante Olli, und die ist aus Würzburg gekommen.«

»Aus Bamberg«, korrigierte meine Großmutter.

»Jedenfalls hat man dort immer, wenn man Gorgonzola bekommen hat, auch Gorgonzola dazugetan. Das ist nicht meine Erfindung. Das mußt du nach Gefühl machen. Gorgonzola genauso wie Lebkuchen. Und in diese Soße legst du das Fleisch und läßt es bei kleinster Flamme ziehen. Währenddessen kannst du den Serviettenkloß vorbereiten.«

»Ich sage es gleich«, kündigte meine Großmutter an. »Ich verwende dazu nur und zwar nur Weißbrot. Da hat nämlich deine Mutter schon wieder so eigene Erfindungen.«

»Das stimmt«, lachte meine Mutter. »Ich nehme alles. Schwarzbrotbrocken, Süßbrotbrocken, sogar ein bißchen Pumpernickel, aber natürlich hauptsächlich Weißbrotbrokken. Ich mag es, wenn es schön bunt ist. Einen ganzen Haufen brauchst du. Du gibst alles in eine große Schüssel, ein paar Butterwürfel dazu und Milch. Und dann läßt du alles eine Weile stehen.«

»Bis sich das Brot angesoffen hat«, sagte meine Großmutter.

»Das sagst du nicht schön«, tadelte sie meine Mutter.

»Dein Montags Marichen hat das immer gesagt. Bis sich das Brot angesoffen hat, hat sie gesagt.«

»Es ist nicht mein Montags Marichen. Ich habe sie nicht gemocht«, sagte meine Mutter.

»Das höre ich zum ersten Mal!«

»Du hast sie ins Haus gebracht«, sagte meine Mutter. »Nicht ich. Und dann haben wir sie kaum mehr losgekriegt.«

»Sie hat uns die Sachen genäht«, erklärte meine Großmutter. »Also ich war froh. Aus dem alten Ulanenmantel vom Onkel Schorsch hat sie für dich noch eine schöne Jacke gemacht.«

»Die ich nie gern angezogen habe«, sagte meine Mutter.

»Aber gut war sie. Warm. Und außerdem hat uns das Montags Marichen Obst gebracht.«

»Du mußt wissen«, erklärte mir meine Mutter, was ich schon lange wußte, »das Montags Marichen war ganz allein, hatte keinen Mann, hatte niemanden. Hat genäht. Eine kleine ausgetrocknete Person. Einen riesigen Hintern, aber sonst dürr. Und konnte niemandem in die Augen schauen. Und hat immer so ein Gesicht gemacht wie eine Madonna. Als ob sie bei einem Wettbewerb mittun würde, bei dem es darum geht, wer es am schlechtesten im Leben getroffen hat.«

»Schneidermeisterin war sie«, sagte meine Großmutter.

»Ja, das war sie«, gab meine Mutter zu. »Für viele Leute hat sie genäht. Und bei uns hat sie oft mitgegessen. Und für Löschers hat sie auch genäht. Die hatten einen großen Garten.«

»Zwetschken, aber solche!«

»Alles Obst. Und die Löschers hatten das Montags Marichen mit Obst und Gemüse bezahlt. Die hatten sonst nichts. Und das Montags Marichen hat uns Obst und Gemüse abgegeben.«

»Warum hieß die Frau das Montags Marichen?« fragte ich.

»Sie hieß Maria Montag«, sagte meine Großmutter. »Und sie hat gesagt, das Brot säuft sich an.«

»Aber ich sage das nicht!« beharrte meine Mutter. »Und ich möchte auch nicht, daß man das sagt.«

»Ich mache ja nur einen Spaß«, sagte meine Großmutter.

»Und wenn das Brot durchgeweicht ist«, wollte meine Mutter fortfahren.

»Ich finde durchgeweicht auch kein schönes Wort«, unterbrach sie meine Großmutter. »Das klingt wie eine Zeitung, die im Rinnstein liegt.«

»Wie soll ich denn sagen?«

»Wenn das Brot voll Milch ist.«

»Also, wenn das Brot voll Milch ist, dann gibst du zwei Eier dazu und Salz und Pfeffer, und Muskatnuß reibst du dazu.«

»Du hast schon wieder die Petersilie vergessen«, sagte meine Großmutter.

»Stimmt, die habe ich vergessen. Du mußt viel Petersilie dazugeben. Sehr viel. Ganz fein gehackt. Und Mehl. Und das alles nach Gefühl. Und das alles knetest du zu einem zähen Teig. Und dann nimmst du ein weißes, großes Küchentuch, bestreichst es mit wenig Butter und häufst den Teig in die Mitte. Dann knotest du die Enden zusammen. Inzwischen hast du gesalzenes Wasser aufgesetzt. Das kocht nun. Und dann hängst du das Küchentuch mit dem Kloß in das Wasser.«

»Jetzt weiß er aber nicht, wie er das hineinhängen soll«, sagte meine Großmutter.

»Nein, weiß ich nicht«, sagte ich.

»Wir hatten einen Nußknacker«, sagte meine Großmutter. »Den haben wir einmal vom Onkel Schorsch zu Weihnachten gekriegt. Den hat er selber zu Weihnachten gekriegt. Den konnte man auseinanderklappen. Den haben wir in den Knoten von dem Küchentuch hineingebunden und seine Enden auf den Topfrand gelegt.«

»Genau«, sagte meine Mutter. »Und dann bei mittelkleiner Hitze, Deckel drauf, soll der Kloß etwa eine Stunde oder eine Dreiviertelstunde kochen. Aber kochen muß er.

Zuletzt nimmst du ihn heraus, legst ihn auf ein Tablett, bestreichst ihn mit Butter und stellst ihn noch eine Viertelstunde ins Rohr bei hoher Hitze. Dann kriegt er eine schöne braune Kruste.«

»Und jetzt das Blaukraut, Paula, das gute Blaukraut!« drängte meine Großmutter.

»Ach, das kannst du von Iglo nehmen, Michael. Das ist sehr gut. Vielleicht reibst du einen Boskop dazu.«

»Würde ich auf alle Fälle«, sagte meine Großmutter. »Und nun der Salat. Zwei Salate. Nicht zusammenmischen! Das tun feine Leute nicht.«

»Ganz recht«, sagte meine Mutter.

»Grüner Salat und Gurkensalat. Die Soße dazu mit Sauerrahm, Dill und Zucker und Zitronensaft. Und nur eine winzige Prise Salz.«

»Und dann ist alles fertig«, sagte meine Mutter.

»Aber niemals, Paula! In die Fleischsoße kommen nun noch halbe Nüsse hinein, Haselnüsse. Und Rosinen.«

»Verschone mich mit Rosinen!« kicherte meine Mutter. »Alles, nur keine Rosinen!«

»Wenn du keine Rosinen hineintust, warum machst du dann überhaupt einen fränkischen Sauerbraten?« fragte meine Großmutter.